寂寞不一定要到深山大泽里去寻求，

只要内心清净，随便在市廛里、陋巷里，

都可以感觉到一种空灵悠逸的境界，

所谓"心远地自偏"是也。

季羡林 他的文章我在清华大学读书时就读过不少,很欣赏他的文才,对他潜怀崇敬之情。

余光中 梁氏的风格上承唐宋,下擷晚明,旁取英国小品文的洒脱容与,更佐以王尔德的惊骇特效,最讲究好处收笔,留下袅袅的余音。学者的散文夹叙夹议,说理而不忘抒情,议论要有波澜回荡,有时不免正话反说,几番回弹逆转,终于正反相合。

周国平 今人的散文,我喜欢梁实秋的,读起来真是非常舒服,他追求的也是"绚烂之极归于平淡"的境界。

梁实秋 著

我看世间一切有情

天地出版社 | TIANDI PRESS

图书在版编目（CIP）数据

我看世间一切有情 / 梁实秋著. —成都：天地出版社，2020.1
ISBN 978-7-5455-5326-0

Ⅰ.①我… Ⅱ.①梁… Ⅲ.①散文集—中国—现代 Ⅳ.①I266

中国版本图书馆CIP数据核字（2019）第249492号

本书文字作品由中国文字著作权协会授权，电话：010-65978905，传真：010-65978926，E-mail: wenzhuxie@126.com。

WO KAN SHIJIAN YIQIE YOU QING

我看世间一切有情

出品人	杨　政
作　者	梁实秋
责任编辑	王　絮　沈海霞
装帧设计	BOOK DESIGN
责任印制	葛红梅

出版发行	天地出版社 （成都市槐树街2号　邮政编码：610014） （北京市方庄芳群园3区3号　邮政编码：100078）
网　址	http://www.tiandiph.com
电子邮箱	tianditg@163.com
经　销	新华文轩出版传媒股份有限公司

印　刷	环球东方（北京）印务有限公司
版　次	2020年1月第1版
印　次	2020年1月第1次印刷
开　本	787mm×1092mm　1/32
印　张	11.75
字　数	240千字
定　价	49.00元
书　号	ISBN 978-7-5455-5326-0

版权所有◆违者必究
咨询电话：（028）87734639（总编室）
购书热线：（010）67693207（营销中心）

本版图书凡印刷、装订错误，可及时向我社营销中心调换我所谓的寂寞,是随缘偶得,无须强求,一霎间的妙悟也不嫌短,失掉了也不必怅惘。

有时候,只要把心胸敞开,快乐也会逼人而来。这个世界,这个人生,有其丑恶的一面,也有其光明的一面。

良辰美景,赏心乐事,随处皆是。

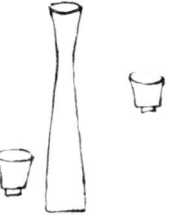

我看世间一切有情,
是有一个新陈代谢的法则,
是有遗传嬗递的迹象,
人恐怕也不是例外,长江后浪推前浪,
一代新人换旧人,如是而已。

生不知所从来,死不知何处去,
生非甘心,死非情愿,
所谓人生只是生死之间短短的一橛。

人心里的空间是有限的，一经塞满便再也不能填进别的东西。

人在有闲的时候,才最像是一个人。

手脚相当闲,头脑才能相当地忙起来。

目录

第一章　从容平和观世界

人生的路途，多少年来就这样地践踏出来了，
人人都循着这路途走，你说它是蔷薇之路也好，
你说它是荆棘之路也好，反正你得乖乖地把它走完。

市　容·002

乞　丐·008

女　人·014

男　人·020

说　俭·025

脸　谱·029

代　沟·035

敬　老·042

退　休·045

守　时·050

洋　罪·056

拥　挤·061

运　动·064

衣　裳·070

吃　相·076

房东与房客·082

第二章　笑谈自在人生

快乐是一种心理状态。

内心湛然,则无往而不乐。

吃饭睡觉,稀松平常之事,但是其中大有道理。

快　乐 · 090

请　客 · 094

送　礼 · 100

垃　圾 · 105

匿名信 · 109

谈话的艺术 · 115

骂人的艺术 · 121

文艺与道德 · 128

钱的教育 · 134

幸灾乐祸 · 140

不亦快哉 · 145

旁若无人 · 150

我看电视 · 155

考生的悲哀 · 161

教育你的父母 · 166

病 · 172

怒 · 177

穷 · 180

懒 · 185

第三章 在世间沉默独行

有道之士，对于尘劳烦恼早已不放在心上，
自然更能欣赏沉默的境界。
这种沉默，不是话到嘴边再咽下去，
是根本没话可说，所谓"知者不言，言者不知"。

沉　默·192　　　　　职　业·230
寂　寞·196　　　　　双城记·236
送　行·200　　　　　升官图·250
孩　子·205　　　　　写信难·255
音　乐·211　　　　　结婚典礼·261
读　画·217　　　　　虐待动物·266
谦　让·221　　　　　为什么不说实话·272
礼　貌·225

第四章 一个人的自由天地

人类最高理想应该是人人能有闲暇,
于必须的工作之余还能有闲暇去做人,
有闲暇去做人的工作,去享受人的生活。

梦 · 276　　窗 外 · 319
旧 · 281　　书 房 · 325
树 · 287　　旅 行 · 331
睡 · 292　　下 棋 · 337
雪 · 298　　饮 酒 · 342
书 · 303　　中 年 · 348
信 · 309　　好书谈 · 353
雅 舍 · 314　　了生死 · 358

第一章 从容平和观世界

人生的路途,多少年来就这样地践踏出来了,人人都循着这路途走,你说它是蔷薇之路也好,你说它是荆棘之路也好,反正你得乖乖地把它走完。

市　容

在我居住的巷口外大街上，在朝阳的那一面，通常总是麇聚着一堆摊贩，全是贩卖食物的小摊，其中种类甚多，据我所记得的有——豆汁儿、馄饨、烧饼、油条、切糕、炸糕、面茶、杏仁茶、老豆腐、猪头肉、馅饼、烫面饺、豆腐脑、贴饼子、锅盔等。有斜支着四方形的布伞的，有搁着条凳的，有停着推把车的，有放着挑子的，形形色色，杂然并陈。热锅里冒着一阵阵的热气。围着就食的有背书包戴口罩的小学生，有佩戴徽章缩头缩脑的小公务员，有穿短棉袄的工人，有披蓝号码背心的车夫，乱哄哄的一团。我每天早晨从这里经过，心里总充满了一种喜悦。我觉得这里面有生活。

我愿意看人吃东西，尤其这样多的人在这样的露天食堂里挤着吃东西。我们中国人素来就是"民以食为天"。见面打问讯时也是"您吃了么？"挂在口边。吃东西是一天中最大的一件事。谁吃饱了，谁便是解决了这一天的基本问题。所以我见了这样一大堆人围着摊贩吃东西，缩着脖子吃点热东西，我就觉得打心里高兴。小贩有气力来摆摊子，有东西可卖，有人来吃，而且吃完了付得起钱，这都是好事。我相信这一群人都能于吃完东西之后好好地活着——至少这一半天。我愿意看一个吃饱了的人的面孔，不管他吃的是什么。当然，这些小吃摊上的东西也许是太少了一些维他命，太多了一些灰尘霉菌，我承认。立在马路边捧着碗，坐在板凳上举着饼，那样子不大雅观，没有餐台上放块白布然后花瓶里插一束花来得体面，这我也承认。但是我们于看完马路边上倒毙的饿殍之后，再看看这生气勃勃的市景,我们便不由得不满意了。

但是,有一天,我又从这里经过,所有的摊贩全没有了。静悄悄的,没有什么人,墙边上还遗留着几堆热炉火的砖头。他们都到哪里去了呢?我好生纳闷。那些小贩到什么地方去做生意了呢?那些就食的顾主们到哪里去解决他们的问题呢?

有人告诉我,为了整顿"市容",这些摊贩被取缔了。又有人更确切地告诉我,因为听说某某人要驾临这个城市,所以一夜之间,把这些有碍观瞻的东西都驱逐净尽了。市容二字,是我早已遗忘了的,经这一提醒,我才恍然。现在大街上确是整洁多了,"整洁为强身之本"。我想来到这市上巡礼的那个人,于风驰电掣地在街上兜通圈子之后,一定要盛赞市政大有进步。没见一个人在街边蹲着喝豆汁,大概是全都在家里喝牛奶了。整洁的市街,像是新刮过的脸,看着就舒服。把褴褛破碎的东西都赶走,掖藏起来,至少别在大街上摆着,然后大人先生们才不至于恶心,然后他们才得感觉到与天下之人同乐的那种意味。把摊贩赶走，并不是把他们送到集中营里去的意思，只是从大街两旁赶走，他们本是游牧的性质，此地不准摆，他们还可以寻到另外僻静些的所在。大街上看不见摊贩，就行，"眼不见为净"。

可是没有几天的工夫，那些摊贩又慢慢地一个个溜回来了，马路边上又兴隆起来了。负责整顿市容的老爷们摇摇头，叹口气。

市容乃中外观瞻所系，好家伙，这问题还牵涉着外国人！有些来观光的旅行者，确是古怪，带着照相机到处乱跑，并不遵照旅行指南所规划的路线走。我们有的是可以夸耀的景物，金鳌玉蝀、天坛、三大殿、陵园、兆丰公园，但是他们也许是看腻了，他们采作摄影对象的偏是捡煤核儿的垃圾山、稻草棚子。我们也有的是现代化的装备、美龄号机、流线型的小汽车，但是他们视若无睹，他们感兴趣的是骡车、骆驼队、三轮和洋车。这些尴尬的照相（照片）常常在外国的杂志上登出来，有些人心里老大不高兴，认为这是"有辱国体"。本来是，看戏要到前台去看,谁叫你跑到后台去?所谓市容,大概是仅指前台而言。前台总要打扫干净,所以市容不可不整顿一下。后台则一时顾不了。

华莱士到重庆的时候,他到附近的一个乡村小市去游历,我恰好住在那市上。一位朋友住在临街的一间房里,他养着一群鸭子,都是花毛的,好美,白天就在马路上散逛,在水坑里游泳,到晚上收进屋里去。华莱士要来,惊动了地方人士,便有官人出动,"这是谁的一群鸭子?你的?好,收起来,放在马路上不像样子。""我没有地方收,我只有一间屋子。并且,这是乡下,本来可以放鸭子的。""你老好不明白,平常放放鸭子也没有关系,今天不是华莱士要来么,上面有令,也就是今天下午这么一会儿,你等汽车过去之后,再把鸭子放出来好了。"这话说得委婉尽情,我的朋友屈服了,为了市容起见,委屈鸭子在屋里闷了半天。洋人观光,殃及禽兽!

裴斐教授到北平,据他自己说,第一桩事便是跑到太和殿,呆呆地在那里站半个钟头,他说:"这就是北平的文化，看了这个之后还有什么可看的呢？"他第二个要去的地方是他从前曾住过六七年的南小街子。他说："我大失所望，亲切的南小街子没有了，变成柏油路了，和我厮熟的那个烧饼铺也没有了，那地方改建了一所洋楼，那和善的伙计哪里去了？"他言下不胜感叹。

像裴斐这样的人太少，他懂得什么才是市容。他爱前台，他也爱后台。

乞 丐

在我住的这一个古老的城里,乞丐这一种光荣的职业似乎也式微了。从前街头巷尾总点缀着一群三分像人七分像鬼的家伙,缩头缩脑地挤在人家房檐底下晒太阳,捉虱子,打瞌睡,啜冷粥,偶尔也有些个能挺起腰板,露出笑容,老远地就打躬请安,满嘴的吉祥话,追着洋车能跑上一里半里,喘得像只风箱。还有些扯着哑嗓穿行街巷大声地哀号,像是担贩的吆喝。这些人现在都到哪里去了?

据说,残羹剩饭的来源现在不甚畅了,大概是剩下来

第一章 从容平和观世界

的鸡毛蒜皮和一些汤汤水水的东西都被留着自己度命了，家里的一个大坑还填不满，怎能把余沥去滋润别人！一个人单靠喝西北风是维持不了多久的。追车乞讨么？车子都渐渐现代化，在沥青路上风驰电掣，飞毛腿也追不上。汽车停住，砰的一声，只见一套新衣服走了出来，若是一个乞丐赶上前去，伸出胳臂，手心朝上，他能得到什么？给他一张大票，他找得开么？沿街托钵，呼天抢地也没有用。人都穷了，心都硬了，耳都聋了。偌大的城市已经养不起这种近于奢侈的职业。不过，乞丐尚未绝种，在靠近城市的大垃圾山上，还有不少"同志"在那里发掘宝藏，埋头苦干，手脚并用，一片喧豗。他们并不扰乱治安，也不侵犯产权，但是，说老实话，这群乞丐，无益税收，有碍市容，所以难免不像捕捉野犬那样地被捉了去。饿死的饿死，老成凋谢，继起无人，于是乞丐一业逐渐衰微。

在"乞丐的艺术"还很发达的时候，有一个乞讨的妇人给我很深的印象。她的巡回的区域是在我们学校左边。她很知道争取青年，专以学生为对象。她看见一个学生远远地过来,她便在路旁立定,等到走近,便大喊一声"敬礼",举手、注视、一切如仪。她不喊"爷爷""奶奶",她喊"校长",她大概知道新的升官图上的晋升的层次。随后是她的申诉,其中主要的一点是她的一个老母,年纪是八十。她继续乞讨了五六年,老母还是八十。她很机警,她追随几步之后,若是觉得话不投机,她的申诉便戛然而止,不像某些文章那样啰唆。她若是得到一个铜板,她的申诉也戛然而止,像是先生听到下课铃声一般。这个人如果还活着,我相信她一定能编出更合时代潮流的一套新词。

我说乞丐是一种光荣的职业,并不含有鼓励懒惰的意思。乞丐并不是不劳而获的人,你看他晒得黧黑干瘦,跑得上气不接下气,何曾安逸。而且他取不伤廉,勉强维持他的灵魂与肉体不至涣散而已。他的乞食的手段不外两种:一种是引人怜,一是讨人厌。他满口"祖宗""奶奶"地乱叫,听者一旦发生错觉,自己的孝子贤孙居然沦落到这地步,恻隐之心就会油然而起。他若是背有瞎眼的

第一章／从容平和观世界

老妈在你背后亦步亦趋,或是把畸形的腿露出来给你看,或是带着一窝的孩子环绕着你叫唤,或是在一块硬砖上稽颡在额上撞出一个大包,或是用一根草棍支着那有眼无珠的眼皮,或是像一个"人彘"似的就地擦着,或者申说遭遇,比"舍弟江南死,家兄塞北亡"还要来得凄怆,那么你那磨得邦硬的心肠也许要露出一丝的怜悯。怜悯不能动人,他还有一套讨厌的办法。他满脸的鼻涕眼泪,你越厌烦,他挨得越近,看着随时都会贴上去的样子,这时你便会情愿出钱打发他走开,像捐款做一桩卫生事业一般。不管是引人怜或是讨人厌,不过只是略施狡狯,无伤大雅。他不会伤人,他不会犯法;从没有一个人想伤害一个乞丐,他的那一把骨头,不足以当尊臂,从没有一种法律要惩治乞丐,乞丐不肯触犯任何法律所以才成为乞丐。乞丐对社会无益,至少也是并无大害,顶多是有一点有碍观瞻,如有外人参观,稍稍避一下也就罢了。有人认为乞丐是社会的寄生虫,话并不错,不过在寄生虫这一门里,白胖的多得是,一时怕数不到他罢?

从没有听说过什么人与乞丐为友，因而亦流于乞丐。乞丐永远是被认为现世报的活标本。他的存在饶有教育意义。无论交友多么滥的人，交不到乞丐，乞丐自成为一个阶级，真正的"无产"阶级（除了那只砂锅），乞丐是人群外的一种人。他的生活之最优越处是自由；鹑衣百结，无拘无束，街头流浪，无签到请假之烦，只求免于冻馁，富贵于我如浮云。所以俗语说："三年要饭，给知县都不干。"乞丐也有他的穷乐。我曾想象一群乞丐享用一只"花子鸡"的景况，我相信那必是一种极纯洁的快乐。Charles Lamb对于乞丐有这样的赞颂：

　　褴褛的衣衫，是贫穷的罪过，却是乞丐的袍褂，他的职业的优美的标识，他的财产，他的礼服，他公然出现于公共场所的服装。他永远不会过时，永远不追在时髦后面。他无须穿着宫廷的丧服。他什么颜色都穿，什么也不怕。他的服装比桂格教派的人经过的变化还少。他是宇宙间唯一可以不拘外表的人。世间的变化与他无干。只有他屹然不动。股票与地产的价格不影响他。农业的或商业的繁荣也与他无涉，最多不过是给他换一批施主。他不必担心有人找他作保。没有人肯过问他的宗教或政治倾向。他是世界上唯一的自由人。

话虽如此，谁不到山穷水尽谁也不肯做这样的自由人。只有一向做神仙的，如李铁拐和济公之类，游戏人间的时候，才肯短期地化身为一个乞丐。

女 人

有人说女人喜欢说谎,假如女人所捏撰的故事都能抽取版税,便很容易致富。这问题在什么叫作说谎。若是运用小小的机智,打破眼前小小的窘僵,获取精神上小小的胜利,因而牺牲一点点真理,这也可以算是说谎,那么,女人确是比较的富于说谎的天才。有具体的例证。你没有陪过女人买东西吗?尤其是买衣料,她从不干干脆脆地说要做什么衣,要买什么料,准备出多少钱。她必定要东挑西拣,翻天覆地,同时口中念念有词,不是嫌这匹料子太薄,就是怪那匹料子花样太旧,这个不禁洗,那个不禁晒,这个缩头大,那个门面窄,批评得人家一文不值。其实,满不是这么一回事,她只是嫌价码太贵而已!如果价钱便宜,其他的缺点全都不成问题,而且本来不要买的也要购储起来。一个女人若是因为炭贵而不生炭盆,她必定对人解释说:"冬天生炭盆最不卫生,到春天容易喉咙痛!"屋顶渗漏,塌下盆大的灰泥,在未修补之前,女人便会向人这样解释:"我预备在这地方安装电灯。"自己上街买菜的女人,常常只承认散步和呼吸新鲜空气是她上市的唯一理由。艳羡汽车的女人常常表示她最厌恶汽油的臭味。坐在中排看戏的女人常常说前排的头等座位最不舒适。一个女人馈赠别人,必说:"实在买不到什么好的……"其实这东西根本不是她买的,是别人送给她的。一个女人表示愿意陪你去上街走走,其实是她顺便要买东西。总之,女人总欢喜拐弯抹角的,放一个小小的烟幕,无伤大雅,颇占体面。这也是艺术,王尔德不是说过"艺术即是说谎"么?这些例证还只是一些并无版权的谎话而已。

女人善变,多少总有些哈姆雷特式,拿不定主意;问题大者如离婚结婚,问题小者如换衣换鞋,都往往在心中经过一读二读三读,决议之后再复议,复议之后再否决,女人决定一件事之后,还能随时做一百八十度的大转弯,做出那与决定完全相反的事,使人无法追随。因为变得急速所以容易给人以"脆弱"的印象。莎士比亚有一名句:"'脆弱'呀,你的名字叫作'女人!'"但这脆弱,并不永远使女人吃亏。越是柔韧的东西越不易摧折。女人不仅在决断上善变,即便是一个小小的别针位置也常变,午前在领扣上,午后就许移到了头发上。三张沙发,能摆出若干阵势;几根头发,能梳出无数花头。讲到服装,其变化之多,常达到荒谬的程度。外国女人的帽子,可以是一根鸡毛,可以是半只铁锅,或是一个畚箕。中国女人的袍子,变化也就够多,领子高的时候可以使她像一只长颈鹿,袖子短的时候恨不得使两腋生风,至于纽扣盘花,滚边镶绣,则更加是变幻莫测。"上帝给她一张脸,她能另造一张出来。""女人是水做的",是活水,不是止水。

女人善哭,从一方面看,哭常是女人的武器,很少人能抵抗她这泪的洗礼。俗语说"一哭二闹三上吊",这一哭确实其势难挡。但从另一方面看,哭也常是女人的内心的"安全瓣"。女人的忍耐的力量是伟大的,她为了男人,为了小孩,能忍受难堪的委屈。女人对于自己的享受方面,总是属于"斯多亚派"的居多。男人不在家时,她能立刻变成为素食主义者,火炉里能爬出老鼠,开电灯怕费电,再关上又怕费开关。平素既已极端刻苦,一旦精神上再受刺激,便忍无可忍,一腔悲怨天然地化作一把把的鼻涕眼泪,从"安全瓣"中汩汩而出,腾出空虚的心房,再来接受更多的委屈。女人很少破口骂人(骂街便成泼妇,其实甚少),很少揎袖挥拳,但泪腺就比较发达。善哭的也就常常善笑,眯眯地笑,哧哧地笑,咯咯地笑,哈哈地笑,笑是常驻在女人脸上的,这笑脸常常成为最有效的护照。女人最像小孩,她能为了一个滑稽的姿态而笑得前仰后合,肚皮痛,淌眼泪,以至于翻筋斗!哀与乐都像是常川有备，一触即发。

女人的嘴，大概是用在说话方面的时候多。女孩子从小就往往口齿伶俐，就是学外国语也容易琅琅上口，不像嘴里含着一个大舌头。等到长大之后，三五成群，说长道短，声音脆，嗓门高，如蝉噪，如蛙鸣，真当得好几部鼓吹！等到年事再长，万一堕入"长舌"型，则东家长，西家短，飞短流长，搬弄多少是非，惹出无数口舌；万一堕入"喷壶嘴"型，则琐碎繁杂，絮聒唠叨，一件事要说多少回，一句话要说多少遍，如喷壶下注，万流齐发，当者披靡，不可向迩！一个人给他的妻子买一件皮大衣，朋友问他："你是为使她舒适吗？"那人回答说："不是，为使她少说些话！"

女人胆小，看见一只老鼠而当场昏厥，在外国不算是奇闻。中国女人胆小不至如此，但是一声霹雳使得她拉紧两个老妈子的手而仍战栗不止，倒是确有其事。这并不是做作，并不是故意在男人面前作态，使他有机会挺起胸脯说："不要怕，有我在！"她是真怕。在黑暗中或荒僻处，没有人，她怕；万一有人，她更怕！屠牛宰羊，固然不是女人的事，杀鸡宰鱼，也不是不费手脚。胆小的缘故，大概主要的是体力不济。女人的体温似乎较低一些，有许多女人怕发胖而食无求饱，营养不足，再加上怕臃肿而衣裳单薄，到冬天瑟瑟打战，袜薄如蝉翼，把小腿冻得作"浆米藕"色，两只脚放在被里一夜也暖不过来，双手捧热水袋，从八月捧起，捧到明年五月，还不忍释手。抵抗饥寒之不暇，焉能望其胆大。

女人的聪明，有许多不可及处，一根棉线，一下子就能穿入针孔，然后一下子就能在线的尽头处打上一个结子，然后扯直了线在牙齿上砰砰两声，针尖在头发上擦抹两下，便能开始解决许多在人生中并不算小的苦恼，例如缝上衬衣的扣子，补上袜子的破洞之类。至于几根篾棍，一上一下地编出多少样物事，更是令人叫绝。有学问的女人，创辟"沙龙"，对任何问题能继续谈论至半小时以上，不但不令人入睡，而且令人疑心她是内行。

男　人

　　男人令人首先感到的印象是脏！当然，男人当中亦不乏刷洗干净洁身自好的，甚至还有油头粉面衣冠楚楚的，但大体讲来，男人消耗肥皂和水的数量要比较少些。某一男校，对于学生洗澡是强迫的，入浴签名，每周计核，对于不曾入浴的初步惩罚是宣布姓名，最后的断然处置是定期强迫入浴，并派员监视，然而日久玩生，签名簿中尚不无浮冒情事。有些男人，西装裤尽管挺直，他的耳后脖根，土壤肥沃，常常宜于种麦！袜子手绢不知随时洗涤，常常日积月累，到处塞藏，等到无可使用时，再从那一堆污垢存货当中拣选比较干净的去应急。有些男人的手绢，拿出来硬像是土灰面制的百果糕，黑乎乎黏成一团，而且内容丰富。男人的一双脚，多半好像是天然的具有泡菜霉干菜再加糖蒜的味道，所谓"濯足万里流"是有道理的，小小的一盆水确是无济于事，然而多少男人却连这一盆水都吝而不用，怕伤元气。两脚既然如此之脏，偏偏有些"逐臭之夫"喜于脚上藏垢纳污之处往复挖掘，然后嗅其手指，引以为乐！多少男人洗脸都是专洗本部，边疆一概不理，洗脸完毕，手背可以不湿，有的男人是在结婚后才开始刷牙。"扪虱而谈"的是男人。还有更甚于此者，曾有人当众搔背，结果是从袖口里面摔出一只老鼠！除了不可挽救的脏相之外，男人的脏大概是由于懒。

对了！男人懒。他可以懒洋洋坐在旋椅上，五官四肢，连同他的脑筋（假如有），一概停止活动，像呆鸟一般；"不闻夫博弈者乎……"那段话是专对男人说的。他若是上街买东西，很少时候能令他的妻子满意，他总是不肯多问几家,怕跑腿,怕费话,怕讲价钱。什么事他都嫌麻烦,除了指使别人替他做的事之外,他像残废人一样,对于什么事都愿坐享其成,而名之曰"室家之乐"。他提前养老,至少提前三二十年。

紧毗连着"懒"的是"馋"。男人大概有好胃口的居多。他的嘴,用在吃的方面的时候多,他吃饭时总要在菜碟里发现至少一英寸见方半英寸厚的肉,才能算是没有吃素。几天不见肉,他就喊:"嘴里要淡出鸟儿来!"若真个三月不知肉味,怕不要淡出毒蛇猛兽来!有一个人半年没有吃鸡,看见了鸡毛帚就流涎三尺。一餐盛馔之后,他的人生观都能改变,对于什么都乐观起来。一个男人在吃一顿好饭的时候,他脸上的表情硬是在感谢上天待人不薄;他饭后衔着一根牙签,红光满面,硬是觉得可以骄人。主中馈的是女人,修食谱的是男人。

男人多半自私。他的人生观中有一基本认识,即宇宙一切均是为了他的舒适而安排下来的。除了在做事赚钱的时候不得不忍气吞声地向人奴膝婢颜外,他总是要做出一副老爷相。他的家便是他的国度，他在家里称王。他除了为赚钱而吃苦努力外，他是一个"伊比鸠派"，他要享受。他高兴的时候，孩子可以骑在他的颈上，他引颈受骑，他可以像狗似的满地爬；他不高兴时，他看着谁都不顺眼，在外面受了闷气，回到家里来加倍地发作。他不知道女人的苦处。女人对于他的殷勤委曲，在他看来，就如同犬守户鸡司晨一样的稀松平常，都是自然现象。他说他爱女人，其实他不是爱，是享受女人。他不问他给了别人多少，但是他要在别人身上尽量榨取。他觉得他对女人最大的恩惠，便是把赚来的钱全部或部分拿回家来，但是当他把一卷卷的钞票从衣袋里掏出来的时候，他的脸上的表情是骄傲的成分多，亲爱的成分少，好像是在说："看我！你行么？我这样待你，你多幸运！"他若是感觉到这家不复是他的乐园，他便有多样的借口不回到家里来。他到处云游，他另辟乐园。他有聚餐会，他有酒会，他有桥会，他有书会、画会、棋会，他有夜会，最不济的还有个茶馆。他的享乐的方法太多。假如轮回之说不假，下世倘幸依然投胎为人,很少男人情愿下世做女人的。他总觉得这一世生为男身,而享受未足,下一世要继续努力。

"群居终日,言不及义",原是人的通病,但是言谈的内容,却男女有别。女人谈的往往是"我们家的小妹又病了!""你们家每月开销多少?"之类。男人的是另一套,普通的方式,男人的谈话,最后不谈到女人身上便不会散场。这一个题目对男人最有兴味。如果有一个桃色案他们唯恐其和解得太快。他们好议论人家的隐私,好批评别人的妻子的性格相貌。"长舌男"是到处有的,不知为什么这名词尚不甚流行。

说　俭

俭是我们中国的一项传统的美德。老子说他有三宝,其中之一就是"俭","俭故能广"。《易·否》:"君子以俭德辟难。"《书·太甲上》:"慎乃俭德,唯怀永图。"《墨子·辞过》:"俭节则昌,淫逸则亡。"都是说俭才能使人有远大的前途,长久的打算,安稳的生活,古训昭然,不需辞费。读书人尤其喜欢以俭约自持,纵然显达,亦不欲稍涉骄逸溢,极端的例如正考父为上卿,粥以糊口,公孙弘位在三公,犹为布被,历史上都传为美谈。大概读书知理之人，富在内心，应不以处境不同而改易其操守。佛家说法，七情六欲都要斩尽杀绝，俭更不成其为问题。所以，无论从哪一种伦理学说来看，俭都是极重要的一宗美德，所谓"俭，德之共也"就是这个意思。不过，理想自理想，事实自事实，奢靡之风亦不自今日始。一千年前的司马温公在他著名的《训俭示康》一文里，对于当时的风俗奢侈即已深致不满。"走卒类士服，农夫蹑丝履"，他认为是怪事。士大夫随俗而靡，他更认为可异。可见美德自美德，能实践的人大概不多。也许正因为风俗奢侈，所以这一项美德才有不时地标出的必要。

在西洋，情形好像是稍有不同。柏拉图的"共和国"，列举"四大美德"（Cardinal Virtues），而俭不在其内，后来罗马天主教会补列三大美德，俭亦不包括在内。当然基督教主张生活节约，这是众所熟知的。有人问Thomas à Kempis（《效法基督》的作者）："你是过来人，请问和平在什么地方？"他回答说："在贫穷、在退隐、在与上帝同在。"不过这只是为修道之士说法,其境界不是一般人所能企及的。西洋哲学的主要领域是它的形而上学部分,伦理学不是主要部分,这是和我们中国传统迥异其趣的。所以在西洋俭的观念一向是很淡薄的。

西洋近代工业发达,人民生活水准亦因之而普遍提高。物质享受方面,以美国为最。美国是个年轻的国家,得天独厚,地大物博,人口稀少,秉承了欧洲近代文明的背景,而又特富开拓创造的精神,所以人民生活特别富饶,根本没有"饥荒心理"存在。美国人只要勤,并不要俭。有一分勤劳,即有一分收获;有一分收获,即有一分享受。美国的《独立宣言》明白道出其立国的目标之一是"追求幸福",物质方面的享受当然是人生幸福中的一部分。"一箪食,一瓢饮",在我们看是君子安贫乐道的表现,在美国人看是落伍的理想,至少是中古的禁欲派的行径。美国人不但要尽量享受,而且要尽量设法提前享受,分期付款制度的畅行,几乎使得人人经常地负上债务。

奢与俭本无明确界限，在某一时某一地并无亏于俭德之事，在另一时另一地即可构成奢侈行为。我们中国地大而物不博，人多而生产少，生活方式仍宜力持俭约。像美国人那样的生活方式，固可羡慕，但是不可立即模仿。

脸　谱

我要说的脸谱不是旧剧里的所谓"整脸""碎脸""三块瓦"之类,也不是麻衣相法里所谓观人八法"威、厚、清、古、孤、薄、恶、俗"之类。我要谈的脸谱乃是每天都要映入我们眼帘的形形色色的活人的脸。旧戏脸谱和麻衣相法的脸谱,那乃是一些聪明人从无数活人脸中归纳出来的几个类型公式,都是第二手的资料,可以不管。

古人云"人心不同,各如其面",那意思承认人面不同是不成问题的。我们不能不叹服人类创造者的技巧的神奇,差不多的五官七窍,但是部位配合,变化无穷,比七巧板复杂多了。对于什么事都讲究"统一""标准化"的人,看见人的脸如此复杂离奇,恐怕也无法训练改造,只好由它自然发展吧?假使每一个人的脸都像是从一个模子里翻出来的,一律的浓眉大眼,一律的虎额隆准,在排起队来检阅的时候固然甚为壮观整齐,但不便之处必定太多,那是不可想象的。

人的脸究竟是同中有异,异中有同,否则也就无所谓谱。就粗浅的经验说,人的脸大致为两种,一种是令人愉快的,一种是令人不愉快的。凡是常态的、健康的、活泼的脸,都是令人愉快的,这样的脸并不多见。令人不愉快的脸,心里有一点或很多不痛快的事,很自然地把脸拉长一尺,或是罩上一层阴霾,但是这张脸立刻形成人与人之间的隔阂,立刻把这周围的气氛变得阴沉。假如,在可能范围之内,努力把脸上的筋肉松弛一下,嘴角上挂出一个微笑,自己费力不多,而给予人的快感甚大,可以使得这人生更值得留恋一些。我永不能忘记那永长不大的孩子潘彼得,他嘴角上永远挂着一丝微笑,那是永恒的象征。一个成年人若是完全保持一张孩子脸,那也并不是理想的事,除了给"婴儿自己药片"做商标之外,也不见得有什么用处。不过赤子之天真,如在脸上还保留一点痕迹,这张脸对于人类的幸福是有贡献的。令人愉快的脸,其本身是愉快的。这与老幼妍媸无关。丑一点,黑一点,下巴长一点,鼻梁塌一点,都没有关系,只要上面漾着充沛的活力,便能辐射出神奇的光彩,不但是光,还有热,这样的脸能使满室生春,带给人们兴奋、光明、调谐、希望、欢欣。一张眉清目秀的脸,如果恹恹无生气,我们也只好当作石膏像来看待了。

我觉得那是一个很好的游戏:早起出门,留心观察眼前活动的脸,看看其中有多少类型,有几张使你看了一眼之后还想再看?

不要以为一个人只有一张脸。女人不必说,常常"上帝给她一张脸,她自己另造一张"。不涂脂粉的男人的脸,也有"卷帘"一格,外面摆着一副面孔,在适当的时候呱嗒一声如帘子一般卷起,另露出一副面孔。"杰克博士与海德先生"(Dr.Jekyll and Mr.Hyde)那不是寓言。误入仕途的人往往养成这一套本领。对下司道貌岸然,或是面部无表情,像一张白纸似的,使你无从观色,莫测高深,或是面皮绷得像一张皮鼓,脸拉得驴般长,使你在他面前觉得矮好几尺!但是他一旦见到上司,驴脸得立刻缩短,再往瘪里一缩,马上变成柿饼脸,堆下笑容,直线条全变成曲线条,如果见到更高的上司,连笑容都凝结得堆不下来,未开言嘴唇要抖上好大一阵,脸上做出十足的诚惶诚恐之状。帘子脸是傲下媚上的主要工具,对于某一种人是少不得的。

不要以为脸是和身体其他部分一样地受之父母,自己负不得责。不,在相当范围内,自己可以负责的,大概人的脸生来都是和善的,因为从婴儿的脸看来,不必一定都是颜如渥丹,但是大概都是天真无邪,令人看了喜欢的。我还没见过一个孩子带着一副不得善终的脸,脸都是后来自己作践坏了的，人们多半不体会自己的脸对于别人发生多大的影响。脸是到处都有的。在送殡的行列中偶然发现的哭丧脸，作讣闻纸色，眼睛肿得桃儿似的，固然难看。一行行的囚首垢面的人，如稻草人，如丧家犬，脸上作黄蜡色，像是才从牢狱里出来，又像是要到牢狱里去，凸着两只没有神的大眼睛，看着也令人心酸。还有一大群心地不够薄脸皮不够厚的人，满脸泛着平价米色，嘴角上也许还沾着一点平价油，身穿着一件平价布，一脸的愁苦，没有一丝的笑容，这样的脸是颇令人不快的。但是这些贫病愁苦的脸还不算是最令人不愉快，因为只是消极得令人心里堵得慌，而且稍微增加一些营养（如肉糜之类）或改善一些环境，脸上的神情还可以渐渐恢复常态。最令人不快的是一些本来吃得饱、睡得着、红光满面的脸，偏偏带着一股肃杀之气，冷森森地拒人千里之外，看你的时候眼皮都不抬，嘴撇得瓢儿似的，冷不防抬起眼皮给你一个白眼，黑眼球不知翻到哪里去了，脖梗子发硬，脑壳朝天，眉头皱出好几道熨斗都熨不平的深沟——这样的神情最容易在官办的业务机关的柜台后面出现。遇见这样的人,我就觉到惶惑:这个人是不是昨天赌了一夜以致睡眠不足,或是接连着腹泻了三天,或是新近遭遇了什么闵凶,否则何以乖戾至此,连一张脸的常态都不能维持了呢?

代　沟

代沟是翻译过来的一个比较新的名词,但这个东西是我们古已有之的。自从人有老少之分,老一代与少一代之间就有一道沟,可能是难以飞渡的深沟天堑,也可能是一步迈过的小渎阴沟,总之是其间有个界限。沟这边的人看沟那边的人不顺眼,沟那边的人看沟这边的人不像话,也许吹胡子瞪眼,也许拍桌子卷袖子,也许口出恶声,也许真个的闹出命案,看双方的气质和修养而定。

《尚书·无逸》:"相小人,厥父母勤劳稼穑,厥子乃不知稼穑之艰难,乃逸乃谚既诞。否则侮厥父母曰:'昔之人无闻知。'"这几句话很生动,大概是我们最古的代沟之说的一个例证。大意是说:请看一般小民,做父母的辛苦耕稼,年轻一代不知生活艰难,只知享受放荡,再不就是张口顶撞父母说:"你们这些落伍的人,根本不懂事!"活画出一条沟的两边的人对峙的心理。小孩子嘛,总是贪玩。好逸恶劳,人之天性。只有饱尝艰苦的人,才知道以无逸为戒。做父母的人当初也是少不更事的孩子,代代相仍,历史重演。一代留下一沟,像树身上的年轮一般。

虽说一代一沟,腌臢的情形难免,然大体上相安无事。这就是因为有所谓传统者,把人的某一些观念胶着在一套固定的范畴里。"不以规矩不能成方圆"。大家都守规矩,尤其是年轻的一代。"鞋大鞋小,别走了样子!"小的一代自然不免要憋一肚皮委屈,但是,别忙,"多年的媳妇熬成婆,多年的道路走成河",转眼间黄口小儿变成了鲐背耈老,又轮到自己唉声叹气,抱怨一肚皮不合时宜了。

我记得我小的时候,早起要跟着姊姊哥哥排队到上房给祖父母请安,像早朝一样地肃穆而紧张,在大柜前面两张两人凳上并排坐下,腿短不能触地,往往甩腿,这是犯大忌的,虽然我始终不知是犯了什么忌。祖父母的眼睛瞪得圆圆的,手指着我们的前后摆动的小腿说:"怎么,一点样子都没有!"吓得我们的小腿立刻停摆,我的母亲觉得很没有面子,回到房里着实地数落了我们一番。祖孙之间隔着两条沟,心理上的隔阂如何得免?当时,我心里纳闷,我甩腿,干卿底事。我十岁的时候,进了陶氏学堂,领到一身体操时穿的白帆布制服,有亮晶的铜纽扣,裤边还镶贴两条红带,现在回想起来有点滑稽,好像是卖仁丹游街宣传的乐队,那时却扬扬自得,满心欢喜地回家,没想到赢得的是一头雾水:"好呀!我还没死,就先穿起孝衣来了!"我触了白色的禁忌。出殡的时候,灵前是有两排穿白衣的"孝男儿",口里模仿号丧地哇哇叫。此后每逢体操课后回家,先在门口脱衣,换上长褂,卷起裤筒。

稍后，我进了清华，看见有人穿白帆布橡皮底的网球鞋，心羡不已，于是也从天津邮购了一双，但是始终没敢穿了回家。只求平安少生事，莫在代沟之内起风波。

大家庭制度下，公婆儿媳之间的代沟是最鲜明也最凄惨的。儿子自外归来，不能一头扎进闺房，那样做不但公婆瞪眼，所有的人都要竖起眉毛。他一定要先到上房请安，说说笑笑好一大阵，然后公婆（多半是婆）开恩发话，"你回屋里歇歇去吧"，儿子奉旨回到阃闱。媳妇不能随后跟进，还要在公婆面前周旋一下，然后公婆再度开恩，"你也去吧"，媳妇才能走，慢慢地走。如果媳妇正在院里浣洗衣服，儿子过去帮一下忙，到后院井里用柳罐汲取一两桶水，送过去备用，结果也会招致一顿长辈的唾骂："你走开，这不是你做的事。"我记得半个多世纪以前，有一对大家庭中的小夫妻，十分的恩爱，夫暴病死，妻觉得在那样家庭中了无生趣，竟服毒以殉。殡殓后，追悼之日政府颁赠匾额曰："彤管扬芬"，女家致送的白布横披曰："看我门楣"！我们可以听得见代沟的冤魂哭泣,虽然代沟另一边的人还在逞强。

以上说的是六七十年前的事。代沟中有小风波,但没有大泛滥。张公艺九代同居,靠了一百多个忍字。其实九代之间就有八条沟,沟下有沟,一代压一代,那一百多个忍字还不是一面倒,多半由下面一代承当?古有明训,能忍自安。

"五四运动"实乃一大变局。新一代的人要造反,不再忍了。有人要"整理国故",管他什么三坟五典八索九丘,都要揪出来重新交付审判,礼教被控吃人,孔家店遭受捣毁的威胁,世世代代留下来的沟要彻底翻腾一下,这下子可把旧一代的人吓坏了。有人提倡读经,有人竭力卫道,但是,不是远水不救近火,便是只手难挽狂澜,代沟总崩溃,新一代的人如脱缰之马,一直旁出斜逸奔放驰骤到如今。旧一代的人则按照自然法则一批一批地凋谢,填入时代的沟壑。

代沟虽然永久存在,不过其现象可能随时变化。人生的麻烦事,千端万绪,要言之,不外财色两项,关于钱财,年长的一辈多少有一点吝啬的倾向。吝啬并不一定全是缺点。"称财多寡而节用之,富无金藏,贫不假贷,谓之啬。积多不能分人,而厚自养,谓之吝。不能分人,又不能自养,谓之爱。"这是《晏子春秋》的说法。所谓爱,就是守财奴。是有人好像是把孔方兄一个个地穿挂在他的肋骨上,取下一个都是血丝糊拉的。英文俚语,勉强拿出一块钱,叫作"咳出一块钱",大概也是表示钱是深藏于肺腑,需要用力咳才能跳出来。年轻一代看了这种情形,老大的不以为然,心里想:"这真是'昔之人,无闻知',有钱不用,害得大家受苦,忘记了'一个钱也带不了棺材里去'。"心里有这样的愤懑蕴积,有时候就要发泄。所以,曾经有一个儿子向父亲要五十元零用,其父靳而不予,由冷言恶语而拖拖拉拉,儿子比较身手矫健,一把揪住父亲的领带(唉,领带真误事),领带越揪越紧,父亲一口气上不来,一翻白眼,死了。这件案子,按理应刷,基于"心神丧失"的理由,没有刷,在代沟的历史里留下一个悲惨的记录。

人到成年,嘤嘤求偶,这时节不但自己着急,家长更是担心,可是所谓代沟出现了,一方面说这是我的事,你少管,另一方面说传宗接代的大事如何能不过问。一个人究竟是姣好还是寝陋,是端庄还是阴鸷,本来难有定评。"看那样子,长头发、牛仔裤、嬉游浪荡、好吃懒做,大概不是善类。""爬山、露营、打球、跳舞,都是青年的娱乐,难道要我们天天匀出工夫来晨昏定省,膝下承欢?"南辕北辙,越说越远。其实"养儿防老""我养你小,你养我老"的观念,现代的人大部分早已不再坚持。羽毛既丰,各奔前程,上下两代能保持朋友一般的关系,可疏可密,岁时存问,相待以礼,岂不甚妙?谁也无须剑拔弩张,放任自己,而诿过于代沟。沟是死的,人是活的!代沟需要沟通,不能像希腊神话中的亚力山大以利剑砍难解之绳结那样容易地一刀两断,因为人终归是人。

敬　老

重九那一天，报纸上嚷嚷说要敬老。我记得前几年敬老还有仪式，许多七老八十的人被邀请到大会堂，于敬聆官长致词之后，各得大碗面一碗，呼噜呼噜地当众表演吃面。在某一年，其中有某一位老者，不知是临面欢欣兴奋过度，还是饥火烧肠奋不顾身，竟白眼一翻当场噎死。从此敬老之面因噎废食，改为亲民之官致送礼品。根据《礼记·曲礼》，"七十曰老"，我们这个市里七十以上的达一万七千多位，所以市长纡尊降贵亲自登门送礼致敬的则限于年在百龄以上之人瑞,所以表示殊荣。

重九很快地过去,报纸忙着嚷嚷别的节日,谁还能天天敬老?一年一度,适可而止。敬老之事我已淡忘,有一天里干事先生亲自骑着脚踏车送来纸匣装着的饭碗一对,说明这是赠给拙荆的,不错,她今年七十,我还不够资格,我须到明年才能领受饭碗。我接过纸匣。手上并不觉得沉甸甸,知非金碗,当即放心收下。里干事先生掉头而去,我看他脚踏车上后面一大纸箱,里面至少有几十匣饭碗。

这一对饭碗,白白净净,光光溜溜,碗口好像微有起伏不平之状,碗底有英文字样,细辨之则为Chilong China,显然是准备外销或已外销而又被退回的国货。是国货我就喜欢。碗上有两丛兰花,像郑思肖画的露根兰花——不,不是兰花,是稻谷,所谓嘉禾。碗上朱笔写着"五十九年老人节纪念,台北市长高玉树敬赠"。我把玩了一阵,实在舍不得天天捧着使用,只好放在柜橱里什袭藏之。

饭碗当然是以纯金制者为最有分量,但是瓷质饭碗也就足够成为吉祥的象征。民以食为天,人最怕的就是没有饭吃,尤其是怕老来没有饭吃。饭碗是吃饭的家伙,先有了饭碗然后才可以进一步往里面装饭。若能把两碗饭装在一只碗里,高高的,凸凸的,吃起来碰鼻头,四川人所谓的"帽儿头",那是人生最高境界。即或碗内常空,或只能装到几分满,令人吃不饱饿不死,也能给人带来一份职业清高的美誉。多少人栖栖皇皇地找饭碗,多少人蝇营狗苟地谋求饭碗,又有多少人战战兢兢地唯恐打破饭碗!

老年饱经世变,与人无争,只希望平平安安地有碗饭吃,就心满意足,所以在这时节送上饭碗一对,实在等于是善颂善祷,努力加飧饭,适合国情之至。

敬老尊贤四个字是常连用的,其实老未必皆贤,老而不死者比比皆是,贤亦未必皆老,不幸短命死矣的人亦实繁有徒,唯有老而且贤,贤而且老,才真值得受人尊敬。

这种事,大家都宁愿睁一眼闭一眼,不欲苦追求。

百龄人瑞,年年有人拜访,叩问的大率是养生之术,不及其他。可以说是纯敬老。

退 休

退休的制度，我们古已有之。《礼记·曲礼》："大夫七十而致事。"致事就是致仕，言致其所掌之事于君而告老，也就是我们如今所谓的退休。礼，应该遵守，不过也有人觉得未尝不可不遵守。"礼岂为我辈设哉？"尤其是七十的人，随心所欲不逾矩，好像是大可为所欲为。普通七十的人，多少总有些昏聩，不过也有不少得天独厚的幸运儿，耄耋之年依然矍铄，犹能开会剪彩，必欲令其退休，未免有违笃念勋耆之至意。年轻的一辈，劝你们少安毋躁,棒子早晚会交出来,不要抱怨"我在,久压公等"也。

该退休而不退休。这种风气好像我们也是古已有之。白居易有一首诗《不致仕》:

> 七十而致仕,礼法有明文。
> 何乃贪荣者,斯言如不闻?
> 可怜八九十,齿堕双眸昏。
> 朝露贪名利,夕阳忧子孙。
> 挂冠顾翠緌,悬车惜朱轮。
> 金章腰不胜,伛偻入君门。
> 谁不爱富贵?谁不恋君恩?
> 年高须告老,名遂合退身。
> 少时共嗤诮,晚年多因循。
> 贤哉汉二疏,彼独是何人?
> 寂寞东门路,无人继去尘!

第一章 / 从容平和观世界

汉朝的疏广及其兄子疏受位至太子太傅少傅，同时致仕，当时的"公卿大夫故人邑子，设祖道供张东都门外，送者车数百辆。辞决而去。道路观者皆曰'贤哉二大夫！'或叹息为之下泣。"这就是白居易所谓的"汉二疏"。乞骸骨居然造成这样的轰动，可见这不是常见的事，常见的是"伛偻入君门"的"爱富贵""恋君恩"的人。白居易"无人继去尘"之叹，也说明了二疏的故事以后没有重演过。

从前读书人十载寒窗，所指望的就是有一朝能春风得意，纡青拖紫，那时节踌躇满志，纵然案牍劳形，以至于龙钟老朽，仍难免有恋栈之情，谁舍得随随便便地就挂冠悬车？真正老骥伏枥、志在千里的人是少而又少的，大部分还不是舍不得放弃那五斗米，千钟禄，万石食？无官一身轻的道理是人人知道的，但是身轻之后，囊橐也跟着要轻，那就诸多不便了。何况一旦投闲置散，一呼百诺的烜赫的声势固然不可复得，甚至于进入了"出无车"的状态，变成了匹夫徒步之士，在街头巷尾低着头逡巡疾走不敢见人,那情形有多么惨。一向由庶务人员自动供应的冬季炭盆所需的白炭,四时陈设的花卉盆景,乃至于琐屑如卫生纸,不消说都要突告来源断绝,那又情何以堪?所以一个人要想致仕,不能不三思,三思之后恐怕还是一动不如一静了。

如今退休制度不限于仕宦一途,坐拥皋比的人到了粉笔屑快要塞满他的气管的时候也要引退。不一定是怕他春风风人之际忽然一口气上不来,是要他腾出位子给别人尝尝人之患的滋味。在一般人心目中,冷板凳本来没有什么可留恋的,平素吃不饱饿不死,但是申请退休的人一旦公开表明要撤绛帐,他的亲戚朋友会一窝蜂地皇皇然、戚戚然,几乎要垂泣而道地劝告说他:"何必退休?你的头发还没有白多少,你的脊背还没有弯,你的两手也不哆嗦,你的两脚也还能走路……"言外之意好像是等到你头发全部雪白,腰弯得像是"?"一样,患上了帕金森症,走路就地擦,那时候再申请退休也还不迟。是的,是有人到了易箦之际,朋友们才急急忙忙地为他赶办退休手续,生怕公文尚在旅行而他老先生沉不住气,弄到无休可退,那就只好鼎惠恳辞了。更有一些知心的抱有远见的朋友们,会慷慨陈词:"千万不可退休,退休之后的生活是一片空虚,那时候闲居无聊,闷得发慌,终日彷徨,悒悒寡欢。"把退休后生活形容得如此凄凉,不是没有原因的,因为平素上班是以"喝喝茶,签签到,聊聊天,看看报"为主,一旦失去喝茶签到聊天看报的场所,那是会要感觉无比的枯寂的。

理想的退休生活就是真正的退休,完全摆脱赖以糊口的职务,做自己衷心所愿意做的事。有人八十岁才开始学画,也有人五十岁才开始写小说,都有惊人的成就。"狗永远不会老得到了不能学新把戏的地步。"何以人而不如狗乎?退休不一定要远离尘嚣,遁迹山林,也无需大隐藏人海,杜门谢客——一个人真正地退休之后,门前自然车马稀。如果已经退休的人而还偶然被认为有剩余价值,那就苦了。

守 时

《史记》五十五《留侯世家》,记载坯上老人授书张良的故事,甚为生动:

"后五日平明,与我会此。"良因怪之,跪曰:"诺。"五日平明,良往,父已先至,怒曰:"与老人期,何后也?"去曰:"后五日早会。"五日鸡鸣,良往,父又先在,复怒曰:"后何也?"去曰:"后五日复早来。"五日良夜未半往。有顷,父亦来,喜曰:"当如是。"

老人与良约会三次。第一次平明为期,平明就是天刚亮,语义相当含糊,天亮到什么程度才算是平明,本难确定。"东方未明"是一阶段,"东方未晞"又是一阶段,等到东方天际泛鱼肚色则又是一阶段。良平明往,未落日出之后,就不算是迟到。老人发什么脾气?说什么"与老人期"之倚老卖老的话?第二次约,时间更不明确,只说早一点去。良鸡鸣往,"鸡既鸣矣"就是天明以前的一刹那,事实上已经提早到达,还嫌太晚。第三次良夜未半往,夜未半即是午夜以前,这一次才满老人意。既然如此,为什么不早明说,虽然这是老人有意测验年轻人的耐性,但也不必这样蛮不讲理地折磨人。有人问我,假如遇见这样的一个老人作何感想,我说我愿效禅师的说法:"大喝一声,一棒打杀!"

黄石公的故事是神话。不过守时却是古往今来文明社会共有的一个重要的道德信念。远古的时候问题简单,日出而作,日入而息,根本没有精确的时间观念,而且人与人要约的事恐怕也不太多。《易·系辞》所谓"日中为市,致天下之民,聚天下之货,交易而退,各得其所",不失为大家在时间上共立的一个标准,晚近的庙会市集,也还各有其约定俗成的时期规格。自从有了漏刻,分昼夜为百刻,一天之内才算有正确时间可资遵循。周有挈壶氏,自唐至清有挈壶正,是专管时间的官员。沙漏较晚,制在元朝。到了近年,也还有放午炮之说。现代的准确计时之器,如钟表之类,则是明朝的舶来品,"明万历二十八年,大西洋人利玛窦来献自鸣钟"(《续通考·乐考》),嗣后自鸣钟在国内就大行其道。我小时候在三贝子花园畅观楼内,尚及见清朝洋人所贡各式各样的自鸣钟,金光灿烂,洋洋大观。在民间几乎家家案上正中央都有一架自鸣钟,用一把钥匙上弦,昼夜按时刻叮叮当当地响。外国人家墙上常见的鹁鸪钟,一只小鸟从一个小门跳出来报时,在国内尚比较少见。好像我们老一辈的中国人特别喜爱钟表,除了背心上特缝好几个小衣袋专放怀表之外,比较富裕人家墙上还常有一个硬木螺钿玻璃门的表柜，里面挂着二三十只形形色色的表，金的、银的、景泰蓝的、闷壳的，甚至背面壳里藏有活动秘戏图的，非如此不足以餍其收藏癖。至于如今的手表（实际是腕表）则高官大贾以至贩夫走卒无不备有一只了。

普遍地有了计时的工具，若是大家不知守时，又有何用？普通的衙门机关之类都定有办公时间，假如说是八点开始，到时候去看看，就会知道那是怎么一回事。大抵较低级的人员比较最守时，虽然其中难免有几位忙着在办事桌上吃豆浆油条。首长及高级人员大概就姗姗来迟了，他们还有一套理由，只有到了十点左右办稿拟稿逐层旅行的公文才能到达他们手里，早去了没有用。至于下班的时间，则大家多半知道守时，眼巴巴地望着时钟，谁也不甘落后。

和民众接触最频繁的莫过于银行邮局，可是在门前逡巡好久，进门烧头炷香的顾客不见得立刻就能受理，往往还要伫候一阵子，因为柜台后面的先生小姐可能很忙，忙着打开保险柜，忙着搬运文件，忙着清理卡片，忙着数钞票,忙着调整戳印,甚至于忙着泡茶,件件都需要时间。顾客们要少安毋躁。

朋友宴客,有一两位照例迟到,一碟瓜子大家都快嗑完了,主人急得团团转,而那一两位客偏不来。按说"后至者诛"才是正理,但是后至者往往正是主客或是贵宾,所以必须虚上席以待。旧日戏园演戏,只有两盏汽油灯为照明之具,等到名角出台亮相,则几十盏电灯一起照耀,声势非凡。有迟到之癖的客人大概是以名角自居,迟到之后不觉得歉然,反倒有得色。而迟到的人可能还要早退,表示另有一处要应酬,也许只是虚晃一招,实际是回家吃碗蛋炒饭。

要守时,但不一定要分秒不差,那就是苛求了,但也不能距约定时间太远。甲欲访乙,先打电话过去商洽,这是很有礼貌的行为,乙问什么时候驾临,甲说马上就去。问题就出在这"马上"二字,乙忘了叮问是什么马,是"竹披双耳峻,风入四蹄轻"的胡马,还是"皮干剥落,毛暗萧条"的瘦马,是练习纵跃用的木马,还是渡过了康王的泥马。和人邀约,害得对方久等,揆诸时间即生命之说,岂是轻轻一声抱歉所能赎其罪愆?

守时不是容易事,要精神总动员。要不要先整其衣冠,要不要携带什么,要不要预计途中有多少红灯,都要通过大脑盘算一下。迟到固然不好,早到亦非万全之策,早到给自己找烦恼,有时候也给别人以不必要的窘。黄石公那段故事是例外,不足为训。记得莎士比亚有一句戏词:"赴情人约,永远是早到。"情人一心一意地在对方身上,不肯有分秒的延误,同时又怕对方忍受枯守之苦,所以"月上柳梢头,人约黄昏后",老早地就去等着,"月移花影动,疑是玉人来"了。

我们能不能推爱及于一切邀约,大家都守时?

洋 罪

有些人,大概是觉得生活还不够丰富,于顽固的礼教,愚昧陋俗,野蛮的禁忌之外,还介绍许多外国的风俗习惯,甘心情愿地受那份洋罪。

例如,宴集茶会之类偶然恰是十三人之数,原是稀松平常之事,但往往就有人把事态扩大,认为情形严重,好像人数一到十三,其中必将有谁虽欲"寿终正寝"而不可得的样子。在这种场合,必定有先知先觉者托故逃席,或临时加添一位,打破这个凶数,又好像只要破了十三,其中人人必然"寿终正寝"的样子。对于十三的恐怖,在某种人中间近已颇为流行。据说,它的来源是外国的。耶稣基督被他的使徒犹大所卖,最后晚餐时便是十三人同席,因此十三成为不吉利的数目。在外国,听说不但宴集之类要避免十三,就是旅馆的号数也常以12A来代替十三。这种近于迷信而且无聊的风俗,移到中国来,则于迷信与无聊之外,还应该加上一个可嗤!

再例如,划火柴给人点纸烟,点到第三人的纸烟时,则必有热心者迫不及待地从旁嘘一口大气,把你的火柴吹熄。一根火柴不准点三支纸烟。据博闻者说,这风俗也是外国的。好像这风俗还不怎样古,就在上次大战的时候,夜晚战壕里的士兵抽烟,如果火柴的亮光延续到能点燃三支纸烟那么久,则敌人的枪弹炮弹必定一齐飞来。这风俗虽"与抗战有关",但在敌人枪炮射程以外的地方,若不加解释,则仍容易被人目为近于庸人自扰。

又例如,朋辈对饮,常见有碰杯之举,把酒杯碰得当一声响,然后同时仰着脖子往下灌,咕噜咕噜地灌下去,点头咂嘴，踌躇满志。为什么要碰那一下子呢？这又是外国规矩。据说相当古的时候，而人心即已不古，于揖让酬应之间，就许在酒杯里下毒药，所以主人为表明心迹起见，不得不与客人喝个"交杯酒"，交杯之际，当的一声是难免的。到后来，去古日远，而人心反倒古起来了，酒杯里下毒药的事情渐不多见，主客对饮只须做交杯状，听那当然一响，便可以放心大胆地喝酒了。碰杯之起源，大概如此。在"安全第一"的原则之下，喝交杯酒是未可厚非的。如果碰一下杯，能令我们警惕戒惧，不致忘记了以酒肉相饷的人同时也有投毒的可能，而同时酒杯质料相当坚牢不致磕裂碰碎，那么，碰杯的风俗却也不能说是一定要不得。

大概风俗习惯，总是慢慢养成，所以能在社会通行。如果生吞活剥地把外国的风俗习惯移植到我们的社会里来，则必窒碍难行，其故在不服水土。讲到这里我也有一个具体的而且极端的例子——

四月一日，打开报纸一看，皇皇启事一则如下："某某某与某某某今得某某某与某某某先生之介绍及双方家长之同意，订于四月一日在某某处行结婚礼，国难期间一切从简，特此敬告诸亲友。"结婚只是男女两人的事，对别人无关，而别人偏偏最感兴趣。启事一出，好事者奔走相告，更好事者议论纷纷，尤好事者拍电致贺。

四月二日报纸上有更皇皇的启事一则如下："某某某启事，昨为西俗万愚节，友人某某某先生遂假借名义，代登结婚启事一则以资戏弄，此事概属乌有，试恐淆乱听闻，特此郑重声明。"好事者嗒然若丧，更好事者引为谈助，尤好事者则去翻查百科全书，寻找万愚节之源起。

四月一日为万愚节，西人相绐以为乐；其是否为陋俗，我们管不着，其是否把终身大事也划在相绐的范围以内，我们亦不得知。我只觉得这种风俗习惯，在我们这国度里，似嫌不合国情。我觉得我们几乎是天天在过万愚节。舞文弄墨之辈，专作欺人之谈，且按下不表，单说市井习见之事，即可见我们平日颇不缺乏相绐之乐。有些店铺高高悬起"言无二价""童叟无欺"的招牌，这就是反映一般的诳价欺骗的现象。凡是约期取件的商店，如成衣店、洗衣店、照相馆之类,因爽约而使我们徒劳往返的事是很平常的,然对外国人则不然,与外国人甚少有爽约之事。我想这原因大概就是外国人只有在四月一日那一天才肯以相绐为乐,而在我们则一年三百六十五天,随便哪一天都无妨定为万愚节。

万愚节的风俗,在我个人,并不觉得生疏,我不幸从小就进洋习甚深的学校,到四月一日总有人伪造文书诈欺取乐,而受愚者亦不为忤。现在年事稍长,看破骗局甚多,更觉谑浪取笑无伤大雅。不过一定要仿西人所为,在四月一日这一天把说谎普遍化、合理化,而同时在其余的三百六十多天又并不仿西人所为,仍然随时随地地言而无信互相欺诈,我终觉得大可不必。

外国的风俗习惯永远是有趣的,因为异国情调总是新奇的居多。新奇就有趣。不过若把异国情调生吞活剥地搬到自己家里来,身体力行,则新奇往往变成为桎梏,有趣往往变成为肉麻。基于这种道理,很有些人至今喝茶并不加白糖与牛奶。

拥 挤

据我所知,拥挤是我们中国人特有的一种现象。

有一天我等公共汽车出城,汽车站早已挤得黑压压一片,汽车尚未停稳,一群人蜂拥而上,结果是车上的人不得下来,下面的人也不得上去,一阵混战之后,上面的人倒是也下来了,下面的人除了孱弱文雅的倒是也都上去了。然而费掉"民力"不少。

既上车之后,不消说可以听到下列各种的呼声:"哎哟!你看看我的脚!""别挤哟!""喂,你趴在我的身子上了！""没得办法！""你倒是拉住上面的把手呀！"

有人告诉我，外国大都市的地底电车，在每天某个时间，也挤。不过又有人告诉我，外国人虽挤，挤得有秩序些。

在交通工具不够而人口众多的情形之下，这种拥挤实在也是不可免。我要说的是那种争先恐后旁若无人的态度。譬如说在邮局、车站、轮船之类的场所，那种每人各自为战的抢先姿势，实在令人难堪。

据说在外国的车站、电影院之类卖票的地方，往往摆成一个一字长蛇阵，先到者站在前面，后到者自动地附于骥尾，循序前进，而无须乎浪费体力，且可不伤和气。这个办法，我觉得好，该学。我有一次在电影院，看见一共只有三个人买票，而那三个鼎足而立不敢后人，三个人都挤得面红耳赤，都伸着脖子伸着胳臂向那一个小小的洞里挤。我想三个人固不必排长蛇阵，只要稍为疏散一下，就可以相当舒服地达到目的，何苦那样"团结"呢？

推行新生活运动,应该特别注意到守秩序的习惯之养成。最好是先在车站、轮船之类的地方由军警严厉督促。在中小学里,教师要把守秩序的道理与方法讲给学生听。我国前驻德大使程天放先生在《时事新报》发表过一篇文章论德国的民族性,曾提起在柏林开世界运动大会时所表现出的良好秩序。我们应该效法。

不效法外国人也行,我们中国的"固有道德"不是也主张"谦让"一道吗?如能恢复固有道德,揖让雍容,公共汽车一停,大家打躬作揖地说"您请,您请",那也有意思。

运 动

大概是李鸿章罢,在出使的时候道出英国,大受招待,有一位英国的皇族特别讨好,亲自表演网球赛,以娱嘉宾,我们的特使翎顶袍褂地坐在那里参观,看得眼花缭乱,那位皇族表演完毕,气咻咻然,汗涔涔然,跑过来问大使表演如何,特使戚然曰:"好是好,只是太辛苦,为什么不雇两个人来打呢?"我觉得他答得好,他充分地代表了我们国人多少年来对于运动的一种看法。看两个人打球,是很有趣味的,如果旗鼓相当,砰一声打过来,砰一声打过去，那趣味是不下于看斗鸡、斗鹌鹑、斗蟋蟀。人多少还有一点蛮性的遗留，喜欢站在一个安逸的地方看别个斗争，看到紧急处自己手心里冷津津地捏着两把汗，在内心处感觉到一种轻松。可是自己参加表演，就犯不着累一身大汗，何苦来哉？摔跤的，比武的，那是江湖卖艺者流，士君子所不取。虽然相传自黄帝时候就有"蹴鞠"之戏，可是自汉唐以降我们还不知道谁是蹴球健将，我看了《水浒传》才知道宋朝一个"浮浪破落户子弟""高俅那厮""最是踢得好脚气球"。我们自古以来就讲究雍容揖让，纵然为了身体的健康，做一点运动，也要有分寸，顶多不过像陶侃之"日运百甓"，其用意也无非是习劳，并不曾想把身体锻炼得健如黄犊。

士大夫阶级太文明了，太安逸了，固然肢体都要退化，有变成侏儒的危险，肩不能挑担，手不能提篮，有变为废物的可能，但是在另一方面所谓的广大民众又嫌太劳苦了，营养不足，疲劳过度，吃不饱，睡不足，一个个的面如削瓜，身体畸形发展，抬轿的肩膀上头有一块红肿的肉隆起如驼峰,挑水的脚筋上累累的疙瘩如瘿木,担石头的空手走路时也佝偻着腰像是个猿人,拉车子的鸡胸驼背,种庄稼的胼手胝足——对于这一般人我们实在不愿意再提倡运动,我们要提倡的是生活水准的提高,然后他们可以少些运动。对于躺着吃饭坐着囤膘的朋友们,我们可以因势利导劝他们行八段锦太极拳,大概不会发生什么大危险,对于天天在马路上赛跑的人力车夫们,田径赛是多余的。

外国人保留的蛮性要比我们多一些,也许是因为他们去古未远的缘故。看他们打架的方式就可以知道,一言不合,便是直接行动,看谁的胳臂力量大,不像我们之善于口角,干打雷不下雨。外国人的运动方式也多少和野蛮人的生活方式有些关联。我看过美国人赛足球,事前的准备不必提,单说比赛前夕的那个"鼓勇会"(Pep Meeting)就很吓人,在旷地燃起一堆烽火,大家围着火旋转叫嚣,熊熊的火光在每人的脸上照出一股"血丝糊拉"的狰恶相,队员被高高地举起在肩头上,像是要去做祭凶神的牺牲，只欠一阵阵咚咚的鼓，否则就很像印第安人战前的祭礼了。比赛的凶猛也不必提，只要看旁边助威的啦啦队，那真是如中疯魔生龙活虎一般，我们中国的所谓啦啦队轻描淡写地比起来只能算是幼年歌咏团。再说掷标枪，那不是和南非野人打猎一模一样的吗？打拳，那更是最直截了当的性命相扑。可是我说这些话并不含褒贬的意思。现在的外国人究竟不是野蛮人，他们很早地就在运动中建立起一套规矩，抽象地叫作运动道德。我们中国人素来不好运动，可是一运动起来就很容易口咬足踢连骂带打了。

美国学校的球队训练员是薪给最高的职位，如果他能训练出一队如狼似虎的队员在运动场上建立几次殊勋，他立刻就可以给学校收很大的招徕的功效。"所谓大学，即是一座伟大运动场附设一个小小的学院。"把运动当作一种霓虹广告，在外国已为人诟病，在中国某一些学校里仍然不失其为时髦。学校里体育功课不可少，一星期一小时，好像是纪念性质。一大群面有菜色的青年总可以挑出若干彪形大汉，供以在中国算是特殊的膳食，施以在外国不算严格的训练，自然都还相当茁壮，伸出胳臂来一连串的凸出的肉腱子，像是成串的陈皮梅似的，再饰以一身鲜明的服装，相当的壮观，可惜的是这仅仅是样品而已。这些样品能孳生出更有价值的样品——锦标、银杯。没有锦标银杯，校长室和会客室里面就太黯淡了。

有人说，人的筋肉骨骼的发达是和脑筋的发达成正比例的。就整个的民族而言，也许是的，就个人分别而言，可是例外太多。在学校里谁都知道许多脑力过人的人往往长得像是一颗小蹦豆儿，好多在运动场上打破纪录的人在智力上并不常常打破纪录，除非是偶然地破留校年数的纪录。还有一层，运动和体育不同，犹之体格健壮与飞檐走壁不同。体格健壮是真正的本钱，可以令人少生病多做事，至于跳得高跑得快玩起球来"一似鳔胶粘在身上"，那当然也是一技之长，那意义不在耍坛子、举石锁、踩高跷、踏软绳之下。

为了四亿以上的人建筑一座运动场，不算奢侈。我参观过一座运动场，规模不算小，并且曾经用过一次，只是看台上已经长了好几尺高的青草,好像是要兼营牧畜的样子,我当时的感想,就和我有一次看见我们的一艘军舰的铁皮上长满海藻蚌蛤时的感想一般。

衣　裳

莎士比亚有一句名言:"衣裳常常显示人品。"又有一句:"如果我们沉默不语,我们的衣裳与体态也会泄露我们过去的经历。"可是我不记得是谁了,他曾说过更彻底的话:我们平常以为英雄豪杰之士,其仪表堂堂确是与众不同,其实,那多半是衣裳装扮起来的,我们在画像中见到的华盛顿和拿破仑,固然是奕奕赫赫,但如果我们在澡堂里遇见二公,赤条条一丝不挂,我们会要有异样的感觉,会感觉得脱光了大家全是一样。这话虽然有点玩世不恭,确有至理。

中国旧式士子出而问世必须具备四个条件:一团和气,两句歪诗,三斤黄酒,四季衣裳;可见衣裳是要紧的。我的一位朋友,人品很高,就是衣裳"普罗"一些,曾随着一伙人在上海最华贵的饭店里开了一个房间,后来走出饭店,便再也不得进去,司阍的巡捕不准他进去,理由是此处不施舍。无论怎样解释也不得要领,结果是巡捕引他从后门进去,穿过厨房,到账房内去理论。这不能怪那巡捕,我们几曾看见过看家的狗咬过衣裳楚楚的客人?

衣裳穿得合适,煞费周章,所以有关部门虽然绘定了各种服装的式样,也并不曾推行。幸而没有推行!自从我们剪了小辫儿以来,衣裳就没有了体制,绝对自由,中西合璧的服装也不算违警,这时候若再推行"国装",只是于错杂纷歧之中更加重些纷扰罢了。

李鸿章出使外国的时候,袍褂顶戴,完全是"满大人"的服装。我虽无爱于清代章制,但对于他的不穿西装,确实是很佩服的。可是西装的势力毕竟太大了,到如今理发匠都是穿西装的居多。我忆起了二十年前我穿西装的一幕。那时候西装还是一件比较新奇的事物，总觉得有点"机械化"，其构成必相当复杂。一班几十人要出洋，于是西装逼人而来，试穿之日，适值严冬，或缺皮带，或无领结，或衬衣未备，或外套未成，但零件虽然不齐，吉期不可延误，所以一阵骚动，胡乱穿起，有的宽衣博带如稻草人，有的细腰窄袖如马戏丑，大体是赤着身体穿一层薄薄的西装裤，冻得涕泗交流，双膝打战，那时的情景足当得起"沐猴而冠"四个字。当然后来技术渐渐精进，有的把裤脚管烫得笔直，视如第二生命，有的在衣袋里插一块和领结花色相同的手绢，俨然像是一个绅士，猛然一看，国籍都要发生问题。

西装是有一定的标准的。譬如，做裤子的材料要厚，可是我看见过有人在光天化日之下穿夏布西装裤，光线透穿，真是骇人！衣服的颜色要朴素沉重，可是我见过著名自诩讲究衣裳的男子们，他们穿的是色彩刺目的宽格大条的材料，颜色惊人的衬衣，如火如荼的领结，那样子只有在外国杂耍场的台上才偶然看得见！大概西装破烂，固然不雅，但若崭新而俗恶则更不可当。所谓洋场恶少，其气味最下。

中国的四季衣裳，恐怕要比西装更麻烦些。固然西装讲究起来也是不得了的，历史上著名的一例，詹姆斯第一的朋友白金翰爵士有衣服一千六百二十五套。普通人有十套八套的就算很好了。中装比较的花样要多些，虽然终年一两件长袍也能度日。中装有一件好处，舒适。中装像是变形虫，没有一定的形式，随着穿的人身体变。不像西装，肩膊上不用填麻布使你冒充宽肩膀，脖子上不用戴枷系索，裤子里面有的是"生存空间"，而且冷暖平均，不像西装咽喉下面一块只是一层薄衬衣，容易着凉，裤子两边插手袋处却又厚至三层，特别郁热！中国长袍还有一点妙处，马彬和先生（英国人入我国籍）曾为文论之。他说这钟形长袍是没有差别的，平等的，一律地遮掩了贫富贤愚。马先生自己就是穿一件蓝长袍，他简直崇拜长袍。据他看，长袍不势利，没有阶级性，可是在中国，长袍同志也自成阶级,虽然四川有些抬轿的也穿长袍。中装固然比较随便,但亦不可太随便,例如脖子底下的纽扣,在西装可以不扣,长袍便非扣不可,否则便不合于"新生活"。再例如虽然在蚊虫甚多的地方,裤脚管亦不可放进袜筒里去,做绍兴师爷状。

男女服装之最大不同处,便是男装之遮盖身体无微不至,仅仅露出一张脸和两只手可以吸取日光紫外线,女装的趋势,则求遮盖愈少愈好。现在所谓旗袍,实际上只是大坎肩,因为两臂已经齐根划出。两腿尽管细直如竹筷,扭曲如松根,也往往一双双地摆在外面。袖不蔽肘,赤足裸腿,从前在某处都曾悬为厉禁,在某一种意义上,我们并不惋惜。还有一点可以指出,男子的衣服,经若干年的演化,已达到一个固定的阶段,式样色彩大概是千篇一律的了,某一种人一定穿某一种衣服,身体丑也好,美也好,总是要罩上那么一套。女子的衣裳则颇多个人的差异,仍保留大量的装饰的动机,其间大有自由创造的余地。既是创造,便有失败,也有成功。成功者便是把身体的优点表彰出来，把劣点遮盖起来；失败者便是把劣点显示出来，优点根本没有。我每次从街上走回来，就感觉得我们除了优生学外，还缺乏妇女服装杂志。不要以为妇女服装是琐细小事，法朗士说得好："如果我死后还能在无数出版书籍当中有所选择，你想我将选什么呢？……在这未来的群籍之中我不想选小说，亦不选历史，历史若有兴味亦无非小说。我的朋友，我仅要选一本时装杂志，看我死后一世纪中妇女如何装束。妇女装束之能告诉我未来的人文，胜过于一切哲学家、小说家、预言家及学者。"

衣裳是文化中很灿烂的一部分。所以，裸体运动除了在必要的时候之外（如洗澡等等），我总不大赞成。

吃　相

一位外国朋友告诉我，他旅游西南某地的时候，偶于餐馆进食，忽闻壁板砰砰作响，其声清脆，密集如连珠炮，向人打听才知道是邻座食客正在大啖其糖醋排骨。这一道菜是这餐馆的拿手菜，顾客欣赏这个美味之余，顺嘴把骨头往旁边喷吐，你也吐，我也吐，所以把壁板打得叮叮当当响。不但顾客为之快意，店主听了也觉得脸上光彩，认为这是大家为他捧场。这位外国朋友问我这是不是国内各地普遍的风俗，我告诉他我走过十几省还不曾遇见过这样的场面，而且当场若无壁板设备，或是顾客嘴部筋肉不够发达，此种盛况即不易发生。可是我心中暗想，天下之大，无奇不有，这样的事恐怕亦不无发生的可能。

《礼记》有"毋啮骨"之诫，大概包括啃骨头的举动在内。糖醋排骨的肉与骨是比较容易脱离的，大块的骨头上所连带着的肉若是用牙齿咬断下来，那龇牙咧嘴的样子便觉不大雅观。所以"割不正不食""席不正不食"都是对于在桌面上进膳的人而言，啮骨应该是桌底下另外一种动物所做的事。不要以为我们一部分人把排骨吐得噼啪响便断定我们的吃相不佳。各地有各地的风俗习惯。世界上至今还有不少地方是用手抓食的。听说他们是用右手取食，左手则专供做另一种肮脏的事，不可混用，可见也还注重清洁。我不知道像咖喱鸡饭一类黏糊糊的东西如何用手指往嘴里送。用手取食，原是古已有之的老法。罗马皇帝尼禄大宴群臣，他从一只硕大无比的烤鹅身上扯下一条大腿，手举着鼓槌，歪着脖子啃而食之，那副贪婪无厌的饕餮相我们可于想象中得之。罗马的光荣不过尔尔，等而下之不必论了。欧洲中古时代，餐桌上的刀叉是奢侈品，从十一世纪到十五世纪不曾被普遍使用，有些人自备刀叉随身携带，这种作风一直延至十八世纪还偶尔可见，据说在酷嗜通心粉的国度里，市廛道旁随处都有贩卖通心粉（与不通心粉）的摊子，食客都是伸出右手像是五股钢叉一般把粉条一卷就送到口里，干净利落。

不要耻笑西方风俗鄙陋，我们泱泱大国自古以来也是双手万能。《礼记》："共饭不泽手。"吕氏注曰："不泽手者，古之饭者以手，与人共饭，摩手而有汗泽，人将恶之而难言。"饭前把手洗洗揩揩也就是了。樊哙把一块生猪肘子放在铁盾上拔剑而啖之，那是鸿门宴上的精彩节目，可是那个吃相也就很可观了。我们不愿意在餐桌上挥刀舞叉，我们的吃饭工具主要的是筷子，筷子即箸，古称饭梡。细细的两根竹筷，搦在手上，运动自如，能戳、能夹、能撮、能扒，神乎其技。不过我们至今也还有用手进食的地方，像从兰州到新疆，"抓饭""抓肉"都是很驰名的。我们即使运用筷子，也不能不有相当的约束，若是频频夹取如金鸡乱点头，或挑肥拣瘦地在盘碗里翻翻弄弄如拨草寻蛇，就不雅观。

餐桌礼仪，中西都有一套。外国的餐前祈祷，兰姆的描写可谓淋漓尽致。家长在那里低头闭眼口中念念有词，孩子们很少不在那里做鬼脸的。我们幸而极少宗教观念，小时候不敢在碗里留下饭粒，是怕长大了娶麻子媳妇；不敢把饭粒落在地上，是怕天打雷劈。喝汤而不准吮吸出声是外国规矩，我想这规矩不算太苛，因为外国的汤盆很浅，好像都是狐狸请鹭鸶吃饭时所使用的器皿，一盆汤端到桌上不可能是烫嘴热的，慢一点灌进嘴里去就可以不至于出声。若是喝一口我们的所谓"天下第一菜"口蘑锅巴汤而不出一点声音，岂不强人所难？从前我在北方家居，邻户是一个治安机关，隔着一堵墙，墙那边经常有几十口子在院子里进膳，我可以清晰地听到"呼噜，呼噜，呼——噜"的声响，然后是"咔嚓"一声。他们是在吃炸酱面，于猛吸面条之后咬一口生蒜瓣。

餐桌的礼仪要重视，不要太重视。外国人吃饭不但要席正,而且挺直腰板,把食物送到嘴边。我们"食不厌精,脍不厌细",要维持那种姿势便不容易。我见过一位女士,她的嘴并不比一般人小多少,但是她喝汤的时候真能把上下唇撮成一颗樱桃那样大,然后以匙尖触到口边徐徐吮饮之。这和把整个调羹送到嘴里面去的人比较起来,又近于矫枉过正了。人生贵适意,在环境许可的时候是不妨稍为放肆一点的。吃饭而能充分享受,没有什么太多礼法的约束,细嚼烂咽,或风卷残云,均无不可,吃的时候怡然自得,吃完之后抹抹嘴鼓腹而游,像这样的乐事并不常见。我看见过两次真正痛快淋漓的吃,印象至今犹新。一次在北京的"灶温",那是一爿道地的北京小吃馆。棉帘启处,进来了一位赶车的,即是赶轿车的车夫,辫子盘在额上,衣襟掀起塞在褡布底下,大摇大摆,手里托着菜叶裹着的生猪肉一块,提着一根马兰系着的一撮韭黄,把食物往柜台上一拍:"掌柜的,烙一斤饼!再来一碗炖肉!"等一下,肉丝炒韭黄端上来了,两张家常饼、一碗炖肉也端上来了。他把菜肴分为两份,一份倒在一张饼上,把饼一卷,比拳头要粗,两手扶着矗立在盘子上,张开血盆巨口,左一口,右一口,中间一口!不大的工夫,一张饼下肚,又一张也不见了,直吃得他青筋暴露、满脸大汗,挺起腰身连打两个大饱嗝。又一次,我在青岛寓所的后山坡上看见一群石匠在凿山造房,晌午歇工,有人送饭,打开笼屉热气腾腾,里面是半尺来长的发面蒸饺,工人蜂拥而上,每人拍拍手掌便抓起饺子来咬,饺子里面露出绿韭菜馅。又有人挑来一桶开水,上面漂着一个瓢,一个个红光满面围着桶舀水吃。这时候又有挑着大葱的小贩赶来兜售那像甘蔗一般粗细的大葱,登时又人手一截,像是饭后进水果一般。上面这两个景象,我久久不能忘,他们都是自食其力的人,心里坦荡荡的,饿来吃饭,取其充腹,管什么吃相!

房东与房客

狗见了猫,猫见了耗子,全没有好气,总不免怒目相视,龇牙咧嘴,一场格斗了事。上天生物就是这样,生生相克,总得斗。房东与房客,或房客与房东,其间的关系也是同样的不祥。在房东眼里,房客很少有好东西;在房客眼里,房东根本就没有一个好东西。利害冲突,彼此很难维持人与人之间应有的常态。

房东的哲学往往是这样的:"来看房的那个人,看样子就面生可疑。我的房子能随便租给人?租给他开白面房子怎么办？将来非找个妥保不可。你看他那个神儿！房子的间架矮哩，院子窄哩，地点偏哩，房租贵哩，褒贬得一文不值，好像是谁请他来住似的！你不合适不会不住？我说得清清楚楚，你没有家眷我可不租，他说他有。我问他是干什么的，他死不张嘴，再不就是吞吞吐吐，八成不是好人。可是后来我还是租给他了。他往里一搬，哎呀，怎那么多人口，也不知究竟是几家子？瘪嘴的老太太有好几位，孩子一大串，兔儿爷似的一个比一个高。住了没有几个月，房子糟蹋得不成样子，雪白的墙角上他堆煤，披麻绿油的影壁上画了粉笔的飞机与乌龟，砖缝里的草长了一人多高，沟眼也堵死了，水龙头也歪了，地板上的油漆也磨光了，天花板也熏黑了，玻璃窗也用高丽纸给补了，门环子也掉了……唉，简直是遭劫！房租到期还要拖欠，早一天取固然不成，过几天取也常要碰钉子，'过两天再来吧''下月一起付吧''太太不在家''先付半个月的吧''我们还没有发薪哪，发了薪给你送去'……好，房租取不到，还得白跑道。腿杆儿都跑细了。他不给租钱，还挺横,你去取租的时候,他就叫你蹲在门口儿,'砰'的一声把大门关上了,好像是你欠他的钱!也有到时候把房租送上门来的,这主儿更难缠,说不定他早做了二房东,他怕我去调查。租人家的房子住人的,有几个是有良心的?……"

房客的哲学又是一套:"这房东的房子多得很,'吃瓦片儿的',任事不做。靠房钱吃饭。这房子一点儿也不合局,我要是有钱绝不租这样的房子。我是凑和着住。一进门就是三份儿,一房一茶一打扫。比阎王还凶。没法子,给你。还要打铺保?我人地生疏,哪里找保去?难道我还能把你的房子吃掉不成?你问我家里人口多不多?你管得着么?难道房东还带查户口?'不准转租',我自己还不够住的呢!可是我要把南房腾空转租,你也管不了,反正我不欠你的房租。'不准拖欠',噫,我要是有钱我绝不拖欠。这个月我迟领了几天薪,房东就三天两头儿的找上门来,好像是有几年没付房钱似的,搅得我一家不安。谁没有个手头儿发窘?何苦!房钱错了一天也不行,急如星火,可是那天下雨房漏了,打了八次电话,他也不派人来修,把我的被褥都湿脏了,阴沟堵住了,院里积了一汪子水,也不来修。门环掉了,都是我自己找人修的。他还觍着脸催房钱!无耻!我住了这样久,没糟蹋你一间房子,墙、柱子都好好的,没摘过你一扇门一扇窗子,还要怎样?这样的房客你哪里找去?……"

房东房客如此之不相容,租赁的关系不是很容易决裂的吗?啊不,比离婚还难。房东虽然不好,房子还是要住的;房客虽然不好,房子不能不由他住。主客之间永远是紧张的,谁也不把谁当作君子看。

这还是承平时代的情形。在通货膨胀的时代,双方的无名火都提高了好几十丈,提起了对方的时候恐怕牙都要发痒。

房东的哲学要追加这样一部分:"你这几个房钱够干什么的?你以后不必给房钱了,每月给我几个烧饼好了。一开口就是'老房客',老房客就该白住房?你也打听打听现在的市价,顶费要几条几条的,房租要一袋一袋的，我的房租不到市价的十分之一，人不可没有良心。你嫌贵，你别处租租试试看。你说年头不好，你没有钱，你可以住小房呀！谁叫你住这么大的一所？没有钱，就该找三间房忍着去，你还要场面？你要是一个钱都没有，就该白住房么？我一家子指着房钱吃饭哪！您也不是我的儿子，我为什么让你白住？……"

房客方面也追加理由如下："我这么多年没欠过租，我们的友谊要紧。房钱不是没有涨过，我自动地还给你涨过一次呢，要说是市价一间一袋的话，那不合法，那是高抬物价，市侩作风，说到哪里也是你没理。人不可不知足。你要涨到多少才叫够？我的薪水也并没有跟着物价涨。才几个月的工夫，又啰唆着要涨房租，亏你说得出口！你是房东，资产阶级，你不知没房住的苦，何必在穷人身上打算盘？不用废话了，等我的薪水下次调整，也给你加一点儿，多少总得加你一点儿，这个月还是这么多，你爱拿不拿！你不拿，我放在提存处去，不是我欠租。……"

第一章／从容平和观世界

闹到这个地步,关系该断绝了吧?啊不。房客赌气搬家,不,这个气赌不得,赌财不赌气。房东撵房客搬家,更不行,撵人搬家是最伤天害理的事,谁也不同情,而且事实上也撵不动,房客像是生了根一般。打官司么?房东心里明白:请律师递状,开庭,试行和解,开庭辩论,宣判,二审,三审,执行,这一套程序不要两年也得一年半,不合算。没法子,怄吧。房东和房客就这样地在怄着。

世界上就没有人懂得一点儿宾主之谊,客客气气,好来好散的么?有。不过那是在"君子国"里。

第二章 笑谈自在人生

快乐是一种心理状态。内心湛然,则无往而不乐。吃饭睡觉,稀松平常之事,但是其中大有道理。

快　乐

　　天下最快乐的事大概莫过于做皇帝。"首出庶物，万国咸宁"。至不济可以生杀予夺，为所欲为。至于后宫粉黛三千，御膳八珍罗列，更是不在话下。清乾隆皇帝，"称八旬之觞，镌十全之宝"，三下江南，附庸风雅。那副志得意满的神情，真是不能不令人兴起"大丈夫当如是也"的感喟。

　　在穷措大眼里，九五之尊，乐不可支。但是试起古今中外的皇帝于地下，问他们一生中是否全是快乐，答案恐怕相当复杂。西班牙国王拉曼三世（Abder Rahman III，

960)说过这么一段话:

> 我于胜利与和平之中统治全国约五十年,为臣民所爱戴,为敌人所畏惧,为盟友所尊敬。财富与荣誉,权力与享受,呼之即来,人世间的福祉,从不缺乏。在这情形之中,我曾勤加计算,我一生中纯粹的真正幸福日子,总共仅有十四天。

御宇五十年,仅得十四天真正幸福日子。我相信他的话,宸谟睿略,日理万机,很可能不如闲云野鹤之怡然自得。于此我又想起从一本英语教科书上读到一篇寓言。题目是《一个快乐人的衬衫》。某国王,端居大内,抑郁寡欢,虽极耳目声色之娱,而王终不乐。左右纷纷献计,有一位大臣言道:如果在国内找到一位快乐的人,把他的衬衫脱下来,给国王穿上,国王就会快乐。王韪其言,于是使者四处寻找快乐的人,访遍了朝廷显要,朱门豪家,人人都有心事,家家都有一本难念的经,都不快乐。最后找到一位农夫,他耕罢在树下乘凉,裸着上身,大汗淋漓。使者问他:

"你快乐么?"农夫说:"我自食其力,无忧无虑!快乐极了!"使者大喜,便索取他的衬衣。农夫说:"哎呀!我没有衬衣。"这位农夫颇似我们的禅门之"一丝不挂"。

常言道,"境由心生",又说"心本无生因境有"。总之,快乐是一种心理状态。内心湛然,则无往而不乐。吃饭睡觉,稀松平常之事,但是其中大有道理。大珠《顿悟入道要门论》:"有源律师来问:'和尚修道,还用功否?'师曰:'用功。'曰:'如何用功?'师曰:'饥来吃饭,困来即眠。'曰:'一切人总如是,同师用功否?'师曰:'不同。'曰:'何故不同?'师曰:'他吃饭时不肯吃饭,百种须索,睡时不肯睡,千般计较。所以不同也。'律师杜口。"可是修行到心无挂碍,却不是容易事。我认识一位唯心论的学者,平素昌言意志自由,忽然被人绑架,系于暗室十有余日,备受凌辱,释出后他对我说:"意志自由固然不诬,但是如今我才知道身体自由更为重要。"常听人说烦恼即菩提,我们凡人遇到烦恼只是深感烦恼,不见菩提。快乐是在心里,不假外求,求即往往不得，转为烦恼。叔本华的哲学是：苦痛乃积极的实在的东西，幸福快乐乃消极的根本不存在的东西。所谓快乐幸福乃是解除苦痛之谓。没有苦痛便是幸福。再进一步看，没有苦痛在先，便没有幸福在后。梁任公先生曾说："人生最快乐的事，莫过于看着一件工作的完成。"在工作过程之中，有苦恼也有快乐，等到大功告成，那一份"如愿以偿"的快乐便是至高无上的幸福了。

有时候，只要把心胸敞开，快乐也会逼人而来。这个世界，这个人生，有其丑恶的一面，也有其光明的一面。良辰美景，赏心乐事，随处皆是。智者乐水，仁者乐山。雨有雨的趣，晴有晴的妙，小鸟跳跃啄食，猫狗饱食酣睡，哪一样不令人看了觉得快乐？就是在路上，在商店里，在机关里，偶尔遇到一张笑容可掬的脸，能不令人快乐半天？有一回我住进医院里，僵卧了十几天，病愈出院，刚迈出大门，陡见日丽中天，阳光普照，照得我睁不开眼，又见市廛熙攘，光怪陆离，我不由得从心里欢叫起来："好一个艳丽盛装的世界！"

"幸遇三杯酒美，况逢一朵花新？"我们应该快乐。

请　客

常听人说:"若要一天不得安,请客;若要一年不得安,盖房;若要一辈子不得安,娶姨太太。"请客只有一天不得安,为害不算太大,所以人人都觉得不妨偶一为之。

所谓请客,是指自己家里邀集朋友便餐小酌,至于在酒楼饭店"铺筵席,陈尊俎",呼朋引类,飞觞醉月,享用的是金樽清酒,玉盘珍馐,最后一哄而散,由经手人员造账报销,那种宴会只能算是一种病狂或是罪孽,不提也罢。

妇主中馈,所以要请客必须先归而谋诸妇。这一谋,有分教,非十天半月不能获致结论,因为问题牵涉太广,不能一言而决。

首先要考虑的是请什么人。主客当然早已内定,陪客的甄选大费酌量。眼睛生在眉毛上边的宦场中人,吃不饱饿不死的教书匠,一身铜臭的大腹贾,小头锐面的浮华少年……若是聚在一个桌上吃饭,便有些像是鸡兔同笼,非常勉强。把素未谋面的人拘在一起,要他们有说有笑,同时食物都能顺利地从咽门下去,也未免强人所难。主人从中调处,殷勤了这一位,怠慢了那一位,想找一些大家都有兴趣的话题亦非易事。所以客人需要分类,不能鱼龙混杂。客的数目视设备而定,若是能把所有该请的客人一网打尽,自然是经济算盘,但是算盘亦不可打得太精。再大的圆桌面也不过能坐十三四个体态中型的人。说来奇怪,客人单身者少,大概都有宝眷,一请就是一对,一桌只好当半桌用。有人请客宽发笺帖,心想总有几位心领谢谢,万想不到人人惠然肯来,而且还有一位特别要好带来一个七八岁的小宝宝!主人慌忙添座,客人谦让:"孩子坐我腿上!"大家挤挤攮攮,其中还不乏中年发福之士,把圆桌围得密不通风,上菜需飞越人头,斟酒要从耳边下注,前排客满,主人在二排敬陪。

拟菜单也不简单。任何家庭都有它的招牌菜。可惜很少人肯用其所长,大概是以平素见过的饭馆酒席的局面作为蓝图。家里有厨师厨娘,自然一声吩咐,不再劳心,否则主妇势必亲自下厨操动刀俎。主人多半是擅长理论,真让他切葱剥蒜都未必能够胜任。所以拟定菜单,需要自知之明,临时"钻锅"翻看食谱未必有济于事。四冷荤,四热炒,四压桌,外加两道点心,似乎是无可再减,大鱼大肉,水陆杂陈,若不能使客人连串地打饱嗝,不能算是尽兴。菜单拟订的原则是把客人一个个地填得嘴角冒油。而客人所希冀的也往往是一场牙祭。有人以水饺宴客,馅子是猪肉菠菜,客人咬了一口,大叫:"哟,里面怎么净是青菜!"一般人还是欣赏肥肉厚酒,管它是不是烂肠之食!

宴客的吉日近了,主妇忙着上菜市,挑挑拣拣,拣拣挑挑,又要物美又要价廉,装满两个篮子,半途休憩好几次才能气喘汗流地回到家。泡的,洗的,剥的,切的,闹哄一两天,然后丑媳妇怕见公婆也不行,吉日到了。客人早已折简相邀,难道还会不肯枉驾?不,守时不是我们的传统。准时到达,岂不像是"头如穹庐咽细如针"的饿鬼?要让主人干着急,等他一催请再催请,然后徐徐命驾,姗姗来迟,这才像是大家风范。当然朋友也有特别性急而提早莅临的,那也使得主人措手不及慌成一团。客人的性格不一样,有人进门就选一个比较好的座位,两脚高架案上,真是宾至如归;也有人寒暄两句便一头扎进厨房,声称要给主妇帮忙,系着围裙伸着两只油手的主妇连忙谦谢不迭。等到客人到齐,无不饥肠辘辘。

落座之前还少不了你推我让的一幕。主人指定座位,时常无效,除非事前摆好名牌,而且写上官衔,分层排列,秩序井然。敬酒按说是主人的责任,但是也时常有热心人士代为执壶,而且见杯即斟,每斟必满。不知是什么时候什么人兴出来的陋习,几乎每个客人都会双手举杯齐眉,对着在座的每一位客人敬酒,一霎间敬完一圈,但见杯起杯落,如"兔儿爷捣碓"。不喝酒的也要把汽水杯子高高举起,虚应故事,喝酒的也多半是狞眉皱眼地抿那么一小口。一大盘热乎乎的东西端上来了,像翅羹,又像糨糊,一人一勺子,盘底花纹隐约可见,上面洒着的一层芫荽不知被哪一位像芟除毒草似的拨到了盘下,又不知被哪一位从盘下夹到嘴里吃了。还有人坚持海味非蘸醋不可,高呼要醋,等到一碟"忌讳"送上台面海味早已不见了。菜是一道一道地上,上一道客人喊一次"太丰富,太丰富",然后埋头大嚼,不敢后人。主人照例谦称:"不成敬意,家常便饭。"心直口快的客人就许提出疑问:"这样的家常便饭,怕不要吃穷了?"主人也只好扑哧一笑而罢。将近尾声的时候,大概总有一位要先走一步,因为还有好几处应酬。这时候主妇踱了进来,红头涨脸,额角上还有几颗没揩干净的汗珠,客人举起空杯向她表示慰劳之意，她坐下胡乱吃一些残羹剩炙。

席终，香茗水果伺候，客人靠在椅子上剔牙，这时节应该是客去主人安了。但是不，大家雅兴不浅，谈锋尚健，饭后磕牙，海阔天空，谁也不愿首先言辞，致败人意。最后大概是主人打了一个哈欠而忘了掩口，这才有人提议散会。天下无不散之筵席，奈何奈何？不要以为席终人散，立即功德圆满，地上有无数的瓜子皮、纸烟灰，桌上杯碟狼藉，厨房里有堆成山的盘碗锅勺，等着你办理善后！

送　礼

原始民族出猎，有所获，必定把猎物割裂，加以燔熏，分赠族人。在送者方面，我想一定是满面春光，没有任何偷偷摸摸躲躲闪闪的神情。出狩大吉，当然需要大家共享其乐。在受者方面，我想也一定是春光满面，不要什么伪谦辞让的手续。叨在族谊，却之不恭。双方光明磊落，而且是自然之至。倒是人类文明进步之后，弊端丛生，然后才有"礼尚往来，来而不往非礼也"这样的理论出现。这理论究竟不错，旨在安定社会，防止纠纷。但是近代社会过于复杂,有时因送礼而形成很尴尬的局面。

寒斋萧索,与人少有往还,逢年过节,但见红红绿绿大包小笼衮衮过门而不入,所谓厚贶遥颁之事实在是很难得的。有一年,端阳前数日,忽然有人把礼物送上门来,附着一张名片,上写"菲仪四色,务求赏收"。送礼人问清这是"梁寓"之后便不由分说跨上铁马绝尘而去。我午睡方醒,待要追问来人,其人早已杳不可寻。细查名片上的姓名,则素不相识。检视内容,皆是食品,并无夹层隐藏任何违碍之物。心想也许是门生故旧,恤老怜贫,但是再想现已进入原子时代,这类事毋乃"时代错误"?再说,既承馈贻,曷不进门小憩,班荆道故?左思右想,不得要领,送警报案,似是小题大做。转送劳军,又好像是慷他人之慨。无功受禄,又恐伤廉。结果是原封不动,庋藏高阁,希望其人能惠然返来,物归原主。事隔数日,一部分食物已经霉腐,暴殄天物,可惜之至!从此我逢人便问可有谁认识此公?终归人海茫茫,渺无踪迹。

转瞬到了中秋,节约之声又复盈耳,此公于家人外出之际又送来一份礼物,分量较前次加了一番。八角形的月饼直径在一尺以上,堆在桌上灿烂夺目。我当时的心情,犹如在门内发现了一具弃婴。弃婴犹可找个去处,这一大堆食品可怎样安排?过去有人送过我几匣月饼,打开一看,黑压压一片,万头攒动,全是蚂蚁。也有人送过自制的精品年糕,里面除了核仁瓜子之外还有无数条白胖的肉蛆,活泼乱跳。这直径一尺开外的大月饼其结局还不是同样的喂蚂蚁肉蛆!但是我开始恐惧了,此公一再宠锡有加,猪喂肥了没有不宰的,难道他屡施小惠,存心有一天要我感恩图报驰驱效死吗?惶悚之余,我全家戒严了,以后无论什么人前来送礼,一定要暂加扣留,验明正身,问清底细,否则绝不放行。王密夜怀金十斤送给杨震,说:"暮夜无知者。"杨震回答说:"天知,神知,我知,子知,何谓无知?"我则连四知都说不上,子是谁,我不知道,我是谁,恐怕你也不清楚。这样糊里糊涂下去,天神也要不容许了。

不久,年关届临,此公又施施然来。这一回,说好说歹,把他延进玄关,我仔细打量他一下,一人多高,貌似忠厚,衣履俱全,而打躬作揖,礼貌特别周到,他带来的礼物比上次又多了,成几何级数的进展。"官不打送礼的",我非官,焉敢打人,我只是诘问:

"我不认识你,你屡次三番的送东西来,是何用意?"

他的嘴唇有点发抖,勉强把脸上的筋肉作弄成为一个笑容,说:

"一点小意思,不成敬意。你帮了我这样多忙!"

"我帮了你什么忙?你知道我是谁吗?"

"你不是梁先生吗?"

我不能不承认说:"是呀。"

"那就对啦!我们行里的事,要不是梁先生在局里替我们做主,那是不得了的。"

"什么局?"

"××局。"

"哎呀!我从来没有在××局做过事。你大概搞错了吧?"

"没有错,没有错,梁先生是住在这一条街上,虽然我不知道他的门牌号数。"

我于是告诉他,一条街上很可能有两个以上的姓梁的人。我们姓梁的,自周平王之子封南梁以来,迄今二千七百多年,历代繁衍,一条街上有一个以上的姓梁的也不是不可能的事。前两次的礼物事实上已经收下,抱歉之极,这一次无论如何也不敢当,敬请原物带回,并且以后也不敢再劳驾了。

此人闻悉,登时变色,"怔营惶怖,靡知厝身",急忙携起礼物仓皇狼狈而去。连呼:"对不起,对不起!"其怪遂绝。

垃　圾

人吃五谷杂粮，就要排泄。渣滓不去，清虚不来。家庭也是一样，有了开门七件事，就要产生垃圾。看一堆垃圾的体积之大小，品质之精粗，就可以约略看出其阶级门第，是缙绅人家还是暴发户，是书香人家还是买卖人，是忠厚人家还是假洋鬼子。吞纳什么样的东西，不免即有什么样的排泄物。

如何处理垃圾，是一个问题。最简便的方法是把大门打开，四顾无人，把一筐垃圾往街上一丢，然后把大门关起,眼不见心不烦。垃圾在黄尘滚滚之中随风而去,不干我事。真有人把烧过的带窟窿的煤球平平正正地摆在路上,他的理由是等车过来就会辗碎,正好填上路面的坑洼,像这样好心肠的人到处皆有。事实上每一个墙角,每一块空地,都有人善加利用倾倒垃圾。多少人在此随意便溺,难道不可以丢些垃圾?行路人等有时也帮着生产垃圾,一堆堆的甘蔗渣,一条条的西瓜皮,一块块的橘子皮,随手抛来,潇洒自如。可怜老牛拉车,路上遗矢,尚有人随后铲除,而这些路上行人食用水果反倒没有人跟着打扫!

我的住处附近有一条小河,也可以说是臭水沟,据说是什么圳的一个支流,当年小桥流水,清可见底,可以游泳其中,年久失修,渐渐壅淤,水流愈来愈窄而且表面上常漂着五彩的浮渣。这是一个大好的倾倒垃圾之处,邻近人家焉有不知之理。于是穿着条纹睡衣的主妇清早端着便壶往河里倾注,蓬头跣足的下女提着畚箕往河里倒土,还有仪表堂堂的先生往里面倒字纸篓,多少信笺信封都缓缓地漂流而去，那位先生顾而乐之。手面最大的要算是修缮房屋的人家，把大批的灰泥砖瓦向河边倒，形成了河埔新生地。有时还从上流漂来一只木板鞋，半个烂文旦，死猫死狗死猪涨得鼓溜溜的！不知是受了哪一位大人先生的恩典，这一条臭水沟被改为地下水道，上面铺了柏油路，从此这条水沟不复发生承受垃圾的作用，使得附近居民多么不便！

在较为高度开发的区域，家门口多置垃圾箱。在应该有两个石狮子或上马蹬的地方站立着一个四四方方的乌灰色的水泥箱子，那样子也够腌臜的。这箱子有门有盖，设想周到，可是不久就会门盖全飞，里面的宝藏全部公开展览。不设垃圾箱的左右高邻大抵也都不分彼此惠然肯来，把一个垃圾箱经常弄得脑满肠肥。结果是谁安设垃圾箱，谁家门口臭气四溢。箱子虽说是钢骨水泥做的，经汽车三撞五撞，也就由酥而裂而破而碎而垮。

有人独出心裁，在墙根上留上一窦穴，装入铁门，门上加锁，墙里面砌垃圾箱，独家专门，谢绝来宾。但是亦不可乐观，不久那锁先被人取走，随后门上的扣环也不见了，终于是门户洞开，左右高邻仍然是以邻为壑。

对垃圾最感兴趣的是拾烂货的人。这一行夙兴夜寐，满辛苦的，每一堆垃圾都要加上一番爬梳的功夫，看有没有可以抢救出来的物资。人弃我取，而且取不伤廉。但是在那一爬一梳之下，原状不可恢复，堆变成了摊，狼藉满地，惨不忍睹。家门以内尽管保持清洁，家门以外不堪闻问。

世界上有许多问题永久无法解决，垃圾可能是其中之一，闻说有些国家有火化垃圾的设备，或使用化学品蚀化垃圾于无形，听来都像是天方夜谭的故事。我看了门口的垃圾，常常想到上上下下异口同声的所谓起飞，所谓进步，天下物无全美，留下一点缺陷，以为异日起飞进步的张本不亦甚善？同时我又想，难以处理的岂止是门前的垃圾，社会上各阶层的垃圾滔滔皆是，又当如何处理？

匿名信

邮局递来一封匿名信,没启封就知道是匿名信,因为一来我自己心里明白,现在快要到我接匿名信的时候了(如果竟无匿名信到来,那是我把人性估计太低了),二来那只信封的神情就有几分尴尬,信封上的两行字,倾斜而不潦草,正是书法上所谓"生拙",像是郑板桥体,又像是小学生的涂鸦,不是撇太长,就是捺太短,总之是很矜持,唯恐露出本来面目。下款署"内详"二字。现代的人很少有写"内详"的习惯,犹之乎很少有在信封背面写

"如瓶"的习惯,其所以写"内详"者,乃是平常写惯了下款,如今又不能写真姓名,于是于不自觉间写上了"内详"云云。

我同情写匿名信的人,因为他或她肯干这种勾当,必定是极不得已,等于一个人若不为生活所逼便绝不至于会男盗女娼一样。当其蓄谋动念之时,一定有一副血脉偾张的面孔,"怒从心上起,恶向胆边生。"硬是按捺不住,几度心里犹豫,"何必?"又几度心里坚决,"必!"于是关门闭户独自去写那将来不便收入文集的尺牍。愤怒怨恨,如果用得其当,是很可宝贵的一种情感,所谓"文王一怒"那是无人不知的了,但是匿名信则除了发泄愤怒怨恨之外还表现了人性的另一面——怯懦。怯懦也不稀奇。听说外国的杀人不眨眼的海盗,如果蓄谋叛变开始向船长要挟的时候,那封哀的美敦书的署名是很成问题的,领衔的要冒较大的危险,所以他们发明了 Round Robin 法以姓名连串地写成一圆圈,无始无末,浑然无迹。这种办法也是怯懦,较之匿名信还是大胆得多。凡是当着人不好说出口的话,或是说出口来要脸红的事,或是根本不能从口里说出来的话,在匿名的掩护之下可以一泄如注。

匿名信作家在伸纸吮笔之际也有一番为难,笔迹是一重难关,中国的书法比任何其他国的文字更容易表现性格。有人写字匀整如打字机打出来的,其人必循规蹈矩;有人写字不分大小一律出格,其人必张牙舞爪。甚至字体还和人的形体有关,如果字如墨猪,其人往往似"五百斤油";如果笔画干瘦如柴,其人往往亦似一堆排骨。匿名信总是熟人写的,熟人的字迹谁还看不出来?所以写的人要费一番思索。匿名信不能托别人写,因为托别人写,便至少有一个人知道了你的姓名,而且也难得找到志同道合的人,所以只好自己动笔。外国人(如绑票匪)写匿名信,往往从报纸上剪下应用的字母,然后拼成字粘上去,此法甚妙,可惜中国字拉丁化运动尚未成功,从报上剪字便非先编一索引不可。唯一可行的方法是竭力变更字体。然而谈何容易!善变莫如狐,七变八变,总还变不脱那条尾巴。

文言文比白话文难于令人辨出笔调，等于唱西皮二黄，比说话难于令人辨出嗓音。之乎者也的一来，人味减少了许多，再加上成语典故以及古文观止上所备有的古文笔法，我们便很难推测作者是何许人（当然，如果韩文公或柳子厚等唐宋八大家写匿名信，一定不用文言，或者要用语录体吧？），本来文理粗通的人，或者要故意地写上几个别字，以便引人的猜测走上歧途。文言根本不必故意往坏里写，因为竭力往好里写，结果也是免不了拗涩别扭。

匿名信的效力之大小，是视收信人性格之不同而大有差异的。譬如一只苍蝇在一碗菜上，在一个用火酒擦筷子的人必定要大惊小怪起来，一定屏去不食；一个用开水洗筷子的人就要主张烧开了再食；但是在司空见惯了的人，不要说苍蝇落在菜上，就是拌在菜里，驱开摔去便是，除了一刹那间的厌恶以外，别无其他反应。引人恶心这一点点功效，匿名信是有的，不过又不是匿名信所独有。记得十几年前（就是所谓普罗文学鼎盛的那一年）的一个冬夜，我睡在三楼亭子间，楼下电话响得很急，我穿起衣服下楼去接："找谁？""我请×××先生说话。""我就是。""啊，你就是×××先生吗？""是的，我就是。"这时节那方面的声音变了，变得很粗厉，厉声骂一句："你是□□□！"正惊愕间，呱啦一声，寂然无声了。我再上三层楼，脱衣服，睡觉。在冬天三更半夜上下三层楼挨一句骂，这是令人作呕的事，我记得我足足为之失眠者约一小时！这和匿名信是异曲同工的，不过一个是用语言，一个是用文字。

天下事有不可预防不便追究者，如匿名信便是。要预防，很难，除非自己是文盲，并且专结交文盲。要追究，很苦，除非自甘暴弃与写匿名信者一般见识。其实匿名信的来源不是不可破获的。核对笔迹是最方便的法子，犹之核对指纹。有一位细心而嗅觉发达的人曾经在启开匿名信之后嗅到一股脂粉香，按照警犬追踪的办法，他可以一直跟踪到人家的闺阁。不过问题是，万一破坏了来源，其将何以善其后？尤其是，万一证明了那写信的人是天天见面的一个好朋友,这个世界将如何住得下去!Marcus Aurelius说:"每天早晨我离家时便对自己说:'我今天将要遇见一个傲慢的人,一个忘恩负义的人,一个说话太多的人。这些人之所以要这样,乃是自然的而且必然的,所以不可惊异。'"我觉得这态度很好。世界上是有一种人要写匿名信,他或她觉得愤慨委屈,而又没有一根够硬的脊椎支持着,如果不写匿名信,情感受了压抑,会生出变态,所以写匿名信是自然的而且必然的,不可惊异。这也就是俗话所说,见怪不怪。

写匿名信给我的人以后见了我,不难过吗?我想他一定不敢两眼正视我,他一定要臊不搭地走开,或是搭讪着扯几句淡话,同时他还要努力镇定,要使我不感觉他与往常有什么不同。他写过匿名信后,必定天天期望着他所希冀的效果,究竟有效呢?无效呢?这将使他惶惑不宁。写了匿名信的人一定不会一觉睡到大天光的。

谈话的艺术

一个人在谈话中可以采取三种不同的方式,一是独白,一是静听,一是互话。

谈话不是演说,更不是训话,所以一个人不可以霸占所有的时间,不可以长篇大论地絮聒不休,旁若无人。有些人大概是口部筋肉特别发达,一开口便不能自休,绝不容许别人插嘴,话如连珠,音容并茂。他讲一件事能从盘古开天地讲起,慢慢地进入本题,亦能枝节横生,终于忘记本题是什么。这样霸道的谈话者,如果他言谈之中确有内容,所谓"吐佳言如锯木屑,霏霏不绝",亦不难觅取听众。在英国文人中,约翰逊博士是一个著名的例子。在咖啡店里,他一开口,老鼠都不敢叫。那个结结巴巴的高尔斯密一插嘴便触霉头。Sir Oracic在说话,谁敢出声?约翰逊之所以被称为当时文艺界的独裁者,良有以也。学问风趣不及约翰逊者,必定是比较的语言无味,如果喋喋不已,如何令人耐得。

有人也许以为嘴只管吃饭而不作别用,对人乃钳口结舌,一言不发。这样的人也是谈话中所不可或缺的,因为谈话和演戏一样,是需要听众的,这样的人正是理想的听众。欧洲中古时代的一个严肃的教派Carthusian monks以不说话为苦修精进的法门之一,整年的不说一句话,实在不易。那究竟是方外人,另当别论,我们平常人中却也有人真能寡言。他效法金人之三缄其口,他的背上应有铭曰:"今之慎言人也。"你对他讲话,他洗耳恭听,你问他一句话,他能用最经济的词句把你打发掉。如果你恰好也是"毋多言,多言多败"的信仰者,相对不交一言,那便只好共听壁上挂钟之滴答滴答了。钟会之与嵇康，则由打铁的叮当声来破除两人间之岑寂。这样的人现代也有，相对无言，莫逆于心，吧嗒吧嗒地抽完一包香烟，兴尽而散。无论如何，老于世故的人总是劝人多听少说，以耳代口，凡是不大开口的人总是令人莫测高深；口边若无遮拦，则容易令人一眼望到底。

谈话和作文一样，有主题、有腹稿、有层次、有头尾，不可语无伦次。写文章肯用心的人就不太多，谈话而知道剪裁的就更少了。写文章讲究开门见山，起笔最要紧，要来得挺拔而突兀，或是非常爽朗，总之要引人入胜，不同凡响。谈话亦然。开口便谈天气好坏，当然亦不失为一种寒暄之道，究竟缺乏风趣。常见有客来访，宾主落座，客人徐徐开言："您没有出门啊？"主人除了重申"我没有出门"这一事实之外，没有法子再作其他的答话。谈公事、讲生意，只求其明白清楚，没有什么可说的。一般的谈话往往是属于"无题""偶成"之类，没有固定的题材，信手拈来，自有情致。情人们喁喁私语，总是有说不完的话题,谈到无可再谈,则"此时无声胜有声"了。老朋友们剪烛西窗,班荆道故,上下古今无不可谈,其间并无定则,只要对方不打哈欠。禅师们在谈吐间好逞机锋,不落迹象,那又是一种境界,不是我们凡夫俗子所能企望得到的。善谈和健谈不同,健谈者能使四座生春,但多少有点霸道,善谈者尽管舌灿莲花,但总还要给别人留些说话的机会。

话的内容总不能不牵涉到人,而所谓人,则不是别人便是自己。谈论别人则东家长西家短全成了上好的资料,专门隐恶扬善则内容枯燥听来乏味,揭人阴私则又有伤口德,其间颇费斟酌。英文gossip一字原义是"教父母",尤指教母,引申而为任何中年以上之妇女,再引申而为闲谈,再引申而为飞短流长,而为长舌妇,可见这种毛病由来有自,"造谣学校"之缘起亦在于是,而且是中外皆然。不过现在时代进步,这种现象已与年纪无关。谈话而专谈自己当然不会伤人,并且缺德之事经自己宣扬之后往往变成为值得夸耀之事。不过这又显得"我执"太深,而且最关心自己的事的人,往往只是自己。英文的"我"字,是大写字母的 I,有人已嫌其夸张,如果谈起话来每句话都用"我"字开头,不更显得自我本位了么?

在技巧上,谈话也有些个禁忌。"话到口边留半句",只是劝人慎言,却有人认真施行,真个只说半句,其余半句要由你去揣摩,好像文法习题中的造句,半句话要由你去填充。有时候是光说前半句,要你猜后半句;有时候是光说后半句,要你想前半句。一段谈话中若是破碎的句子太多,在听的方面不加整理是难以理解的。费时费事,莫此为甚。我看在谈话时最好还是注意文法,多用完整的句子为宜。另一极端是,唯恐听者印象不深,每一句话重复一遍,这办法对于听者的忍耐力实在要求过奢。谈话的腔调与嗓音因人而异,有的如破锣,有的如公鸡,有的行腔使气有板有眼,有的回肠荡气如怨如诉,有的于每一句尾加上一串咯咯的笑,有的于说完一段话之后像鲸鱼一般喷一口大气,这一切都无关宏旨,要紧的是说话的声音之大小需要一点控制。一开口便血脉偾张,声震屋瓦,不久便要力竭声嘶,气急败坏,似可不必。另有一些人的谈话别有公式,把每句中的名词与动词一律用低音,甚至变成耳语,令听者颇为吃力。有些人唾腺特别发达,三言两语之后嘴角上便积有两摊如奶油状的泡沫,于发出重唇音的时候便不免星沫四溅,真像是痰唾珠玑。人与人相处,本来易生摩擦,谈话时也要保持距离,以策安全。

骂人的艺术

古今中外没有一个不骂人的人。骂人就是有道德观念的意思,因为在骂人的时候,至少在骂人者自己总觉得那人有该骂的地方。何者该骂,何者不该骂,这个抉择的标准,是极道德的。所以根本不骂人,大可不必。骂人是一种发泄感情的方法,尤其是那一种怨怒的感情。想骂人的时候而不骂,时常在身体上弄出毛病,所以想骂人时,骂骂何妨。

但是,骂人是一种高深的学问,不是人人都可以随便试的。有因为骂人挨嘴巴的,有因为骂人吃官司的,有因为骂人反被人骂的,这都是不会骂人的缘故。今以研究所得,公诸同好,或可为骂人时之一助乎?

(一)知己知彼

骂人是和动手打架一样的,你如其敢打人一拳,你先要自己忖度下,你吃得起别人的一拳否。这叫作知己知彼。骂人也是一样。譬如你骂他是"屈死",你先要反省,自己和"屈死"有无分别。你骂别人荒唐,你自己想想曾否吃喝嫖赌。否则别人回敬你一两句,你就受不了。所以别人有着某种短处,而足下也正有同病,那么你在骂他的时候只得割爱。

(二)无骂不如己者

要骂人须要挑比你大一点的人物,比你漂亮一点的或者比你坏得万倍而比你得势的人物。总之,你要骂人,那人无论在好的一方面或坏的一方面都要能胜过你,你才不吃亏的。你骂大人物,就怕他不理你,他一回骂,你就算骂着了。在坏的一方面胜过你的,你骂他就如教训一般,他即便回骂,一般人仍不会理会他的。假如你骂一个无关痛痒的人,你越骂他他越得意,时常可以把一个无名小卒骂出名了,你看冤与不冤?

(三)适可而止

骂大人物骂到他回骂的时候,便不可再骂;再骂则一般人对你必无同情,以为你是无理取闹。骂小人物骂到他不能回骂的时候,便不可再骂;再骂下去则一般人对你也必无同情,以为你是欺负弱者。

(四)旁敲侧击

他偷东西,你骂他是贼;他抢东西,你骂他是盗,这是笨伯。骂人必须先明虚实掩映之法,须要烘托旁衬,旁敲侧击,于要紧处只一语便得,所谓杀人于咽喉处着刀。越要骂他你越要原谅他,即便说些恭维话亦不为过,这样的骂法才能显得你所骂的句句是真实确凿,让旁人看起来也可见得你的度量。

(五)态度镇定

骂人最忌浮躁。一语不合,面红筋跳,暴躁如雷,此灌夫骂座，泼妇骂街之术，不足以骂人。善骂者必须态度镇静，行若无事。普通一般骂人，谁的声音高便算谁占理，谁来得势猛便算谁骂赢，唯真善骂人者，乃能避其锐而击其懈。你等他骂得疲倦的时候，你只消轻轻地回敬他一句，让他再狂吼一阵。在他暴躁不堪的时候，你不妨对他冷笑几声，包管你不费力气，把他气得死去活来，骂得他针针见血。

（六）出言典雅

骂人要骂得微妙含蓄，你骂他一句要使他不甚觉得是骂，等到想过一遍才慢慢觉悟这句话不是好话，让他笑着的面孔由白而红，由红而紫，由紫而灰，这才是骂人的上乘。欲达到此种目的，深刻之用词故不可少，而典雅之言词尤为重要。言词典雅则可使听者不致刺耳。如要骂人骂得典雅，则首先要在骂时万万别提起女人身上的某一部分，万万不要涉及生理学范围。骂人一骂到生理学范围以内，底下再有什么话都不好说了。譬如你骂某甲，千万别提起他的令堂令妹。因为那样一来，便无是非可言，并且你自己也不免有令堂令妹，他若回敬起来，岂非势均力敌，半斤八两？再者骂人的时候，最好不要加入以种种难堪的名词，称呼起来总要客气，即使他是极卑鄙的小人，你也不妨称他先生，越客气，越骂得有力量。骂得时节最好引用他自己的词句，这不但可以使他难堪，还可以减轻他对你骂的力量。俗话少用，因为俗话一览无遗，不若典雅古文曲折含蓄。

（七）以退为进

两人对骂，而自己亦有理屈之处，则处于开骂伊始，特宜注意，最好是毅然将自己理屈之处完全承认下来，即使道歉认错均不妨事。先把自己理屈之处轻轻遮掩过去，然后你再重整旗鼓，着着逼人，方可无后顾之忧。即使自己没有理屈的地方，也绝不可自行夸张，务必要谦逊不遑，把自己的位置降到一个不可再降的位置，然后骂起人来，自有一种公正光明的态度。否则你骂他一两句，他便以你个人的事反唇相讥，一场对骂，会变成两人私下口角，是非曲直，无从判断。所以骂人者自己要低声下气，此所谓以退为进。

（八）预设埋伏

你把这句话骂过去,你便要想想看,他将用什么话骂回来。有眼光的骂人者,便处处留神,或是先将他要骂你的话替他说出来,或是预先安设埋伏,令他骂回来的话失去效力。他骂你的话,你替他说出来,这便等于缴了他的械一般。预设埋伏,便是在他要攻击你的地方,你先轻轻地安下话根,然后他骂过来就等于枪弹打在沙包上,不能中伤。

（九）小题大做

如对方有该骂之处,而题目身小,不值一骂,或你所知不多,不足一骂,那时节你便可用小题大做的方法,来扩大题目。先用诚恳而怀疑的态度引申对方的意思,由不紧要之点引到大题目上去,处处用严谨的逻辑逼他说出不逻辑的话来,或是逼他说出合于逻辑但不合乎理的话来,然后你再大举骂他,骂到体无完肤为止,而原来惹动你的小题目,轻轻一提便了。

（十）远交近攻

一个时候，只能骂一个人，或一种人，或一派人。绝不宜多树敌。所以骂人的时候，万勿连累旁人，即使必须牵涉多人，你也要表示好意，否则回骂之声纷至沓来，使你无从应付。

骂人的艺术，一时所能想起来的有上面十条，信手拈来，并无条理。我做此文的用意，是助人骂人。同时也是想把骂人的技术揭破一点，供爱骂人者参考。挨骂的人看看，骂人的心理原来是这样的，也算是揭破一张黑幕给你瞧瞧！

文艺与道德

在美国的《新闻周刊》上看到这样一段新闻：

"且来享受醇酒妇人，尽情欢笑；明天再喝苏打水，听人讲道。"这是英国诗人拜伦（一七八八至一八二四年）的句子，据说他不仅这样劝别人，他自己也彻底地接受了他自己的劝告；他和无数的情人缱绻，许多的丑闻使得这位面貌姣好头发卷曲的诗人死后不得在西敏寺内获一席地，几近一百五十年之久。一位教会长老说过，拜伦的"公然放浪的行为"和他的"不检的诗篇"使他不具有进入西敏寺的资格。但是"英格兰诗会"以为这位伟大的浪漫作家,由于他的诗和"他对于社会公道与自由之经常的关切",还是应该享有一座纪念物的,西敏寺也终于改变了初衷,在"诗人角"里,安放了一块铜牌来纪念拜伦。那"诗人角"是早已装满了纪念诗人们的碑牌之类,包括诸大诗人如莎士比亚、弥尔顿、巢塞、雪莱、济慈,甚至还有一位外国诗人名为朗费洛的在内。

这样的一条新闻实在令人感慨万千。拜伦是英国的一位浪漫诗人,在行为与作品上都不平凡,"一觉醒来,名满天下",他不但震世骇俗,他也愤世嫉俗,"不是英格兰不适于我,便是我不适于英格兰",于是怫然出国,遨游欧土,卒至客死异乡,享年不过三十有六。他生不见容于重礼法的英国社会,死不为西敏寺所尊重,这是可以理解的事。一百五十年后,情感被时间冲淡,社会认清了拜伦的全部面貌,西敏寺敞开了它的严封固扃的大门,这一事实不能不使我们想一想,文艺与道德究竟是怎样的一种关系。

有人说，文艺与道德没有关系。一位厨师，只要善于调和鼎鼐，满足我们的口腹，我们就不必追问他的私生活中有无放荡逾检之处。这一比喻固很巧妙，但并不十分允洽。因为烹调的成品，以其色香味供我们欣赏，性质简单。而文艺作品之内容，则为人生的写照，人性的发挥，我们不仅欣赏其文词，抑且受其内容的感动，有时为之逸兴遄飞，有时为之回肠荡气。我们纵然不问作者本人的道德行为，却不能不理会文艺作品本身所含蓄着的道德意味。人生的写照，人性的发挥，永远不能离开道德。文艺与道德不可能没有关系。进一步说，口腹之欲的满足也并非是饮食之道的极致；快我朵颐之外，也还要顾到营养健康。文艺之于读者的感应，其间更要引起道德的影响与陶冶的功能。

所谓道德，其范围至为广阔，既不限于礼教，更有异于说教。吾人行事，何者应为，抉择之间端在一心，那便是道德价值的运用。悲天悯人，民胞物与的精神，也正是道德的高度表现。以拜伦而论，他的私人行为有许多地

第二章 / 笑谈自在人生

方诚然不足为训,但是他的作品却常有鼓舞人心向上的力量,也常有令人心脚开阔的妙处。他赞赏光荣的历史,他同情被压迫的人民,那一份激昂慷慨的精神,百余年之后仍然虎虎有生气,使得西敏寺的主持人不能不心回意转,终于奉献给他那一份积欠已久的敬意。在伟大作品照耀之下,作者私人生活的玷污终被淡忘,也许不是谅恕,这是不是英国人聪明的地方呢?我们中国人礼教的观念很强,以为一个人私德有亏,便一无是处,我们是不容易把人品和作品分开来的,而且"文人无行"的看法也是很普遍的,好像一个人一旦成为文人,其品行也就不堪闻问,甚至有些文人还有意地不肯敦品,以为不如此不能成其为文人。

文艺的题材是人生,所以文艺永远含有道德的意味;但是文艺的功用是不是以宣扬道德为最重要的一项呢?在西洋文学批评里,这是一个老问题。罗马的何瑞士采取一种折中的态度,以为文学一面供人欣赏,一面教训,所谓寓教训于欣赏。近代纯文学的观念则是倾向于排斥道德教训于文艺之外。我们中国的传统看法,把文艺看成为有用的东西,多少是从实用的观点出发,并不充分承认其本身价值。从孔子所说"诗可以兴,可以观,可以群,可以怨,迩之事父,远之事君,多识于鸟兽草木之名"起,以至于周敦颐所谓之"文以载道",都是把文艺当作教育工具看待,换言之,就是强调文艺之教育的功能,当然也就是强调文艺之道德的意味。直到晚近,文艺本身价值才逐渐被人认识,但是开明如梁任公先生的《小说与群治之关系》,仍未尽脱传统的功利观念的范围。我国的戏剧文学未能充分发达的原因之一,便是因为社会传统过分重视戏剧之社会教育价值。劝忠说孝,没有人反对;旧日剧院舞台两边柱上都有惩恶奖善性质的对联,可惜的是编剧的人受了束缚,不能自由发展,而观众所能欣赏到的也只剩了歌腔身段。戏剧有社会教育的功能,但戏剧本身的价值却不尽在此。文艺与道德有密切的关系,但那关系是内在的,不是目的与手段之间的主从关系。我们可以利用戏剧而从事社会教育,例如破除迷信,扫除文盲,以至于促进卫生，保密防谍，都可以透过戏剧的方式把主张传播给大众。但是我们必须注意，这只是借用性质，借用就是借用，不是本来用途。

文艺作品里有情感，有思想，可是里面的思想往往是很难捉摸的，因为那思想与情感交织在一起，而且常是不自觉偶然流露出来的。文艺作家观察人生，处理他选定的题材，自有他独特的眼光，他不会拘于成见，他也不会唯他人之命是从，他不可能遗世独立，把文艺与道德完全隔离，亦不可能忘却他的严肃的"观察人生，并且观察人生全体"之神圣使命。

钱的教育

《乌托邦》的作者告诉我们说,在理想的国里,小孩子拿金钱当作玩具,孩子们可以由性地大把地抓钱,顺手丢来丢去地玩。其用意在使孩子把金钱看成司空见惯的东西,久之便会觉得金钱这东西稀松平常,长大了之后自然也就不会过分地重视金钱,贪吝的毛病也就可以不至于犯了。这理想恐怕终归是个理想吧?小孩子没有不喜欢耍枪弄棒的,长大之后更容易培养出尚武的精神。小孩子没有不喜欢飞机模型的,长大之后很可能对航空发生很大的兴

第二章 / 笑谈自在人生

趣。所以幼习俎豆,长大便成圣贤,这种故事不能不说有几分道理。小时候在钱堆里打滚,大了便不爱钱,这道理我却不敢深信。

事实上一般小孩子们所受的关于钱的教育,都是培养他对于钱的爱好。我们小时候,玩的不是钱,而常常是装钱的扑满。门口过来了一个小贩,吆喝着:"小盆儿啊小罐儿啊!"往往不经我们的请求,大人就给买一个瓦制的小扑满。大人告诉我们把钱一个个的放进那个小孔里面,积着,积着,积满了之后"扑"的一声摔碎,便可以有笔大钱。那一笔钱做什么用?从来没有人告诉我们。以我个人而论,我拿到一个扑满之后,我却是被这个古怪的玩意儿所诱惑了,觉得怪有趣的,恨不得能立刻把它填满,我憧憬着将来有一天摔碎它时的那种快乐。我手里难得有钱,钱是在父亲屋里的大木柜里锁着的,我手里的钱只有三种来源:一是过年时的压岁钱,或是客人来时给的红纸包的钱;一是自己生辰家里长辈给的钱;一是从每日点心费里积攒下来的节余。有一点儿富余的钱,便急忙投进扑满,"当"的一声,怪好玩儿的。起初我对于这小小的储蓄银行很感兴趣,不时地取出来摇摇,从那个小孔往里面窥看。但是不久我就恍然,我是被骗了,因为我在想买冰糖葫芦或是糯米藕的时候,才明白那扑满里的钱是无法取出来用的,那窟窿太小,倒是倒不出来,用刀子拨也拨不出来,要摔又不敢,我开始明白这不是一个玩具,这是一个强迫储蓄的一种陷阱。金钱这东西为什么是那样的宝贵,必须如此周密地储藏起来呢?扑满并没有给我养成储蓄的美德,它反倒帮助我对于钱发生一种神秘的感觉。

有人主张绝对不给孩子们任何零钱,一切糖果玩具都已准备齐全,当然无从令孩子们去学习挥霍的本领。铜臭是越晚沾染人的双手越好。可是这种办法也有时效的限制,一离开家之后任何孩子都会立刻感觉到钱的重要。我小的时候,每天上学口袋里放两个铜板,到学校可以买两套烧饼油条做早点吃,我本来也没有别的其他欲望,但是过了两天,学校门口来了一个卖糯米藕的小贩,围了一圈的小顾客,我挤进去一看,那小贩正在一片一片地切着一

第二章 / 笑谈自在人生

橛赭中带紫的东西,像是藕,可是孔里又塞着东西,切好之后浇一小勺红糖汁和一小勺桂花,令人馋涎欲滴!我咽了一口唾沫之后退出来了。第二天仗着胆子去买一碟尝尝,却料不到起码要四个铜板才肯卖。我忍了两天没吃早点换到了一碟这个无名的美味。这是我有生以来第一次感觉到钱的用处,第一次感觉到没有钱的苦处。我相当的了解了钱的神秘。

钱的用处比较容易明白,钱从什么地方来,便比较难以了解。父母的柜子里、皮包里,不断地有钱的补充。但是从哪里来的呢?有人主张用实验的方法教导孩子:不工作便没有钱。于是他们鼓励孩子们服务,按服务的多寡优劣而付给报酬。艾除庭草,一角钱;汲水浇花,一角钱;看家费,一角钱;投邮费,一角钱……这种办法有好处,可以让孩子知道钱不是白给的,是劳动换来的。但是也有流弊,"没有钱便不工作"。我看见过很多人家的孩子,不给钱便不肯写每天一页的大字,不给钱便死抱着桌腿不肯上学,不给钱便撒泼打滚不给你一刻安静的工夫去睡午觉。这样,钱的报酬的功用已经变成为贿赂的功用了!"没有钱便不工作",这原则并不错,不过在家庭里应用起来,便抹煞了人与人之间的情分,似乎是太早地戕贼了人的性灵了。

如果把钱的教育写成一本大书,我想也不过是上下两卷,上卷是钱怎样来,下卷是钱怎样去。

钱怎样来,只能由上一辈的人做一个榜样给下一辈的人看。示范的作用很大,孩子们无须很早的就实习。如果一个人的人生观和宇宙观都是从钱的方孔里望出去的,我相信他的孩子们一定会有一套拜金主义的心理。如果一个人用各种欺骗舞弊的方法把钱弄到家里而并不脸红,而且洋洋得意地自诩为能,甚而给孩子们也分润一点儿油水,我想这也就是很有效的一种教育,孩子长大必定也会有从政经商的全副的本领。所谓家学渊源,在这一方面也应用得上。讲到钱的去处,孩子们的意见永远不会和上一辈的相同,年轻人总觉得父母把钱系在肋骨上,每个大钱拿下来都是血淋淋的。钱永远没有足够的时候。正当的用钱的方法，是可以从小就加以训练的。有人主张，一个家庭的经济应该对孩子们公开，月底召开一次家庭会议，懂事的孩子们全都到席，家长报告账目和预算，让大家公开讨论。在这民主的形式之下，孩子们会养成一种自尊。大姐姐本来吵着买大衣，结果会自动放弃，移做弟弟妹妹买皮鞋用，大哥哥本来争着要置自行车，结果也会自动放弃，移做冬天买煤之用。这是良好习惯的养成。钱用在比较最需要的地方去。钱不但满足自己的物质的需要，钱还要顾及自己的内心的平安。这样的用钱的方法，值得一试。孩子们不一定永远是接受命令，他也可以理解。

幸灾乐祸

有人问"幸灾乐祸"一语,如何英译。英语中好像没有现成的字词可用,只好累赘一些译其大意。德文里有一个字,schadenfreude,似尚妥切,schaden,是灾祸,freude是乐,看到别人的灾祸而引以为乐。

"幸灾乐祸"一语出自《左传·僖公十四年》:"背施无亲,幸灾不仁。"及庄公二十:"歌舞不倦,是乐祸也。"原说的是国与国之间的关系,现在人与人之间也常使用这个成语,表示同情心之缺乏,甚至冷酷自私的态度。

其实,幸灾乐祸不一定是某个人品行上的缺点,实在是人性某方面的通性之一。人在内心上很少不幸灾乐祸的。有人明白地表示了出来,有人把它藏在心里,秘而不宣,有人很快地消除这种心理,进而表示出悲天悯人慷慨大方的态度。

最近报上有这样一段新闻:

……违建户大火,烈焰映红了半边天,也映出了两种截然不同的心态。

在火场邻近的屋顶上,挤满了人。左边的消防人员手拿送水带,卖力地想要将火尽速扑灭。一名队员还从屋顶上摔下来,幸而只受轻伤。

右边的一群人却"隔岸观火",有几个还悠闲地蹲坐下来。别人的灾难竟被他们当成热闹好戏。

旁边附刊了照片,可惜模糊了一点,没有显示出……

那几位"悠闲地蹲坐下来"的先生们的面目。祝融为虐，照例有人看热闹，除非那一火起自或烧到你自己的家宅，那时候那一场热闹就只好留给别人看。不过我有一点疑问：假使离府上相当远的地方发生火警，不论是违章建筑还是高楼大厦，浓烟直冒，火舌四伸，消防队的救火车纷纷到来施救，居民忙着抢搬家私，现场一片混乱，这时节，你怎么办？当然你不会去趁火打劫。你也不会若无其事地闭门家中坐。你是否要提着一铅铁桶水前去帮着施救呢？你不会这样做，人家也不准你这样做，这样做只有越帮越忙，而且无济于事。遇到此等事，只好交给消防队去处理，闲杂人等请站开。站开了看是可以，爬到屋顶上看也可以，如果你不怕摔下来。千万不可站累了蹲下来坐着看，因为蹲坐表示"悠闲"，人家有灾难，你怎么可以悠闲看热闹？悠闲地看热闹便至少有隔岸观火之嫌。如果你心里想"这火势怎么这样小"，或"这场火怎么这样就扑灭了"，那你就是十足的幸灾乐祸了。

  我看过几场大火。第一次是在民元，北京兵变火烧东安市场。市场离我家不远,隔一条大街,火势映红了半边天,那时候我还小,童子何知,躬逢巨劫。我当时只觉得恐怖,只觉得那么多好吃好玩的物资付之一炬,太可惜了。第二次看到大火是在重庆遭遇五四大轰炸,我逃难到海棠溪沙洲上,坐卧在沙滩上仰观重庆闹区火光冲天,还听得一阵阵爆竹响(因为房屋多为竹制),真个的是隔岸观火,心里充满了悲愤。又一次观火是在北碚的一个夏天,晚饭后照例搬出两张沙发放在门前平台上,啜茗乘凉。忽然看见对面半山腰上有房屋起火,先是一缕炊烟似的慢慢升起,俄而变成黑黑的一股烽燧狼烟,终乃演成焰焰大火。我坐下来,一面品茗,一面隔着一个山谷观火。非观不可,难道闭起眼睛非礼勿视?而且非悠闲不可,难道要顿足太息,或是双手合十,口呼:"善哉!善哉!"

有时候听说舟车飞机发生意外,多人殉亡,而自己阴差阳错偏偏临时因故改变行程,没有参加那一班要命的行旅,不免私下庆幸。这不是幸灾乐祸。对于那些在劫难逃的人,纵不恫伤,至少总有一些同情。对于自己的侥幸，当然大为高兴，但是这一团高兴并非建立在别人的痛苦之上。法国十七世纪的作家拉饶施福谷（La Rochefoucauh）的《箴言集》里有这样的一句名言："在我们的至交的灾难中，我们会发现一点点并不使我们不高兴的东西。"（"Dans l'adversité de nos meilleurs amis, nous trouvons quelque chose, qui ne nous déplaît pas."）。这一点点并不使我们不高兴的东西，就是我们才说到的那种侥幸心理吧？

灾难如果发生在我们的敌人头上，我们很难不幸灾乐祸。民国三十四年两颗原子弹投落在广岛、长崎，造成很大的伤害，当时饱尝日寇荼毒的我国民众几乎没有不欢欣鼓舞的，认为那是天公地道的膺惩。想想日军在南京的大屠杀，在珍珠港的偷袭，他们不该付出一点代价么？此之谓自作孽，不可活。也许有人以为我们应该如曾子所说的"哀矜而勿喜"，可是那种修养是很难得的。

不亦快哉

金圣叹作"三十三不亦快哉",快人快语,读来亦觉快意。不过快意之事未必人人尽同,因为观点不同时势有异。就观察所及,试编列若干则如下:

其一,晨光熹微之际,人牵犬(或犬牵人),徐步红砖道上,呼吸新鲜空气,纵犬奔驰,任其在电线杆上或新栽树上便溺留念,或是在红砖上排出一摊狗屎以为点缀。庄子曰:道在屎溺。大道无所不在,不简秽贱,当然人犬亦应无所差别。人因散步而精神爽,犬因排泄而一身轻,而且可以保持自己家门以内之环境清洁，不亦快哉！

其一，烈日下行道上，口燥舌干，忽见路边有卖甘蔗者，急忙买得两根，一手挥舞，一手持就口边，才咬一口即入佳境，随走随嚼，旁若无人，蔗滓随嚼随吐。人生贵适意，兼可为"你丢我捡"者制造工作机会，潇洒自如，不亦快哉！

其一，早起，穿着有条纹的睡衣裤，趿着凉鞋，抱红泥小火炉置街门外，手持破蒲扇，对着火炉徐徐扇之，俄而浓烟上腾，火星四射，直到天地绸缪，一片模糊。烟火中人，谁能不事炊爨？这是表示国泰民安，有米下锅，不亦快哉！

其一，天近黎明，牌局甫散，匆匆登车回府。车进巷口距家门尚有三五十码之处，任司机狂按喇叭，其声呜呜然，一声比一声近，一声比一声急，门房里有人竖着耳朵等候这听惯了的喇叭声已久，于是在车刚刚开到之际，两扇黑漆大铁门呀然而开，然后又訇的一声关闭。不费吹灰之力就使得街坊四邻矍然惊醒，翻个身再也不能入睡，只好瞪着大眼等待天明。轻而易举地执行了鸡司晨的职务，不亦快哉！

其一，放学回家，精神愉快，一路上和伙伴们打打闹闹，说说笑笑，尚不足以畅叙幽情，忽见左右住宅门前都装有电铃，铃虽设而常不响，岂不形同虚设，于是举臂舒腕，伸出食指，在每个纽上按戳一下。随后，就有人仓皇应门，有人倒屣而出，有人厉声叱问，有人伸颈探问而瞠目结舌。躲在暗处把这些现象尽收眼底，略施小技，无伤大雅，不亦快哉！

其一，隔着墙头看见人家院内有葡萄架，结实累累，虽然不及"草龙珠"那样圆，"马乳"那样长，"水晶"那样白，看着纵不流涎三尺，亦觉手痒。爬上墙头，用竹竿横扫之，狼藉满地，损人而不利己，索性呼朋引类乘昏夜越墙而入，放心大胆，各尽所能，各取所需，饱餐一顿。松鼠偷葡萄，何须问主人，不亦快哉！

其一，通衢大道，十字路口，不许人行。行人必须上天桥，下地道，岂有此理！豪杰之士不理会这一套，直入虎口,左躲右闪,居然波罗蜜多达彼岸,回头一看天桥上黑压压的人群犹在蠕动,路边的警察戟指大骂,暴躁如雷,而无可奈我何。这时节颔首示意,报以微笑,扬长而去,不亦快哉!

其一,宋周紫芝《竹坡诗话》:"……有一人,极廉介,一日有家问,即令灭官烛,取私烛阅书,阅毕,命秉官烛如初。"做官的人迂腐若是,岂不可嗤!衙门机关皆有公用之信纸信封,任人领用,便中抓起一叠塞入公事包里,带回家去,可供写私信、发请柬、寄谢帖之用,顺手牵羊,取不伤廉,不亦快哉!

其一,逛书肆,看书展,琳琅满目,真是到了琅嬛福地。趁人潮拥挤看守者穷于肆应之际,纳书入怀,携归细赏,虽蒙贼名,不失为雅,不亦快哉!

其一,电话铃响,错误常居十之二三,且常于高枕而眠之时发生,而其人声势汹汹,了无歉意,可恼可恼。在临睡之前或任何不欲遭受干扰的时间,把电话机翻转过来,打开底部,略做手脚,使铃变得喑哑。如是则电话可以随时打出去，而外面无法随时打进来，主动操之于我，不亦快哉！

其一，生儿育女，成凤成龙，由大学卒业，而漂洋过海，而学业有成，而落户定居，而缔结良缘。从此螽斯衍庆，大事已毕，允宜在报端大刊广告，红色套印，敬告诸亲友，兼令天下人闻知，光耀门楣，不亦快哉！

旁若无人

在电影院里,我们大概都常遇到一种不愉快的经验。在你聚精会神地静坐着看电影的时候,会忽然觉得身下坐着的椅子颤动起来,动得很匀,不至于把你从座位里掀出去,动得很促,不至于把你颠摇入睡,颤动之快慢急徐,恰好令你觉得他讨厌。大概是轻微地震吧?左右探察震源,忽然又不颤动了。在你刚收起心来继续看电影的时候,颤动又来了。如果下决心寻找震源,不久就可以发现,毛病大概是出在附近的一位先生的大腿上。他的足尖踏在前排椅撑上，绷足了劲，利用腿筋的弹性，很优游地在那里发抖。如果这拘挛性的动作是由于羊癫疯一类的病症的暴发，我们要原谅他，但是不像，他嘴里并不吐白沫。看样子也不像是神经衰弱，他的动作是能收能发的，时作时歇，指挥如意。若说他是有意使前后左右两排座客不得安生，却也不然。全是陌生人无仇无恨，我们站在被害人的立场上看，这种变态行为只有一种解释，那便是他的意志过于集中，忘记旁边还有别人，换言之，便是"旁若无人"的态度。

"旁若无人"的精神表现在日常行为上者不只一端。例如欠伸，原是常事，"气乏则欠，体倦则伸"。但是在稠人广众之中，张开血盆巨口，作吃人状，把口里的獠牙显露出来，再加上伸胳臂伸腿如演太极，那样子就不免吓人。有人打哈欠还带音乐的，其声呜呜然，如吹号角，如鸣警报，如猿啼，如鹤唳，音容并茂，《礼记》："侍坐于君子，君子欠伸，撰杖屦，视日蚤莫，侍坐者请出矣。"是欠伸合于古礼，但亦以"君子"为限，平民岂可援引，对人伸胳臂张嘴，纵不吓人，至少令人觉得你是在逐客，或是表示你自己不能管制你自己的肢体。

邻居有叟，平常不大回家，每次归来必令我闻知。清晨有三声喷嚏，不只是清脆，而且洪亮，中气充沛，根据那声音之响我揣测必有异物入鼻，或是有人插入纸捻，那声音撞击在脸盆之上有金石声！随后是大排场的漱口，真是排山倒海，犹如骨鲠在喉，又似苍蝇下咽。再随后是三餐的饱嗝，一串串的嗝声，像是下水道不甚畅通的样子。可惜隔着墙没能看见他剔牙，否则那一份刮垢磨光的钻探工程，场面也不会太小。

这一切"旁若无人"的表演究竟是偶然突发事件，经常令人困恼的乃是高声谈话。在喊救命的时候，声音当然不嫌其大，除非是脖子被人踩在脚底下，但是普通的谈话似乎可以令人听见为度，而无须一定要力竭声嘶地去振聋发聩。生理学告诉我们，发音的器官是很复杂的，说话一分钟要有九百个动作，有一百块筋肉在弛张，但是大多数人似乎还嫌不足，恨不得嘴上再长一个扩大器。有个外国人疑心我们国人的耳鼓生得异样，那层膜许是特别厚，非扯着脖子喊不能听见，所以说话总是像打架。这批评有多少真理，我不知道。不过我们国人会嚷的本领，是谁也不能否认的。电影场里电灯初灭的时候，总有几声"哎哟，小三儿，你在哪儿啦？"在戏院里，演员像是演哑剧，大锣大鼓之声依稀可闻，主要的声音是观众鼎沸，令人感觉好像是置身蛙塘。在旅馆里，好像前后左右都是庙会，不到夜深休想安眠，安眠之后难免没有响皮底的大皮靴，毫无惭愧地在你门前踱来踱去。天未大亮，又有各种市声前来侵扰。一个人大声说话，是本能；小声说话，是文明。以动物而论，狮吼、狼嗥、虎啸、驴鸣、犬吠，即是小如促织，声音都不算小，都不会像人似的有时候也会低声说话。大概文明程度愈高，说话愈不以声大见长。群居的习惯愈久，愈不容易存留"旁若无人"的幻觉。我们以农立国，乡间地旷人稀，畎亩阡陌之间，低声说一句"早安"是不济事的，必得扯长了脖子喊一声"你吃过饭啦？"可怪的是，在人烟稠密的所在，人的喉咙还是不能缩小。更可异的是，纸驴嗓、破锣嗓、喇叭嗓、公鸡嗓，并不被一般地认为是缺陷，而且麻衣相法还公然地说，声音洪亮者主贵！

叔本华有一段寓言：

一群豪猪在一个寒冷的冬天挤在一起取暖；但是它们的刺毛开始互相击刺，于是不得不分散开。可是寒冷又把他们驱在一起，于是同样的事故又发生了。最后，经过几番的聚散，他们发现最好是彼此保持相当的距离。同样的，群居的需要使得人形的豪猪聚在一起，只是他们本性中的带刺的令人不快的刺毛使得彼此厌恶。他们最后发现的使彼此可以相安的那个距离，便是那一套礼貌；凡违犯礼貌者便要受严词警告——用英语来说——请保持相当距离。用这方法，彼此取暖的需要只是相当的满足了；可是彼此可以不至互刺。自己有些暖气的人情愿走得远远的，既不刺人，又可不受人刺。

逃避不是办法。我们只是希望人形的豪猪时常地提醒自己：这世界上除了自己还有别人，人形的豪猪既不止我一个，最好是把自己的大大小小的刺毛收敛一下，不必像孔雀开屏似的把自己的刺毛都尽量地伸张。

我看电视

有人问我看不看电视。

我说我看。不过我在扭接电视之前,先提醒我自己几件事。第一,电视公司不是我开的,所以我不能指挥他们播出什么样的节目。电视节目就好像是餐馆里的"定食"(唯一的一组和菜),吃不吃由你,你不能点菜。当然,有几个频道可供选择。可是内容通常都差不多,实在也没有什么选择。

第二,看电视的不只我一个人。看各处屋顶上扎煞着的一排排鱼骨天线，即可知其观众如何的广大。其中有老有少，有男有女，有君子小人，有贤愚智不肖，他们的口味自然不大相同，而电视制作必须要在他们的不同口味之中找出"公分母"，播映出来的节目要老少咸宜雅俗共赏。其结果可能是里外不讨好，有人嫌太雅，又有人嫌太俗。所以作节目的人，不但左右为难，而且上下交责，自己良心也往往忐忑不安，他们这份差事不容易当。

第三，电视是一种买卖生意。在商言商，当然要牟利。观众是买主，可是观众并未买票。天下焉有看白戏的道理？可是观众又是非要不可的，天下焉有不要观众的戏？于是电视另有生财之道，招登广告。电视广告费是以秒计的，离日进斗金的目标也许不会太远。广告商舍得花大钱登广告，又有他们的打算，利用广告心理招引观众买他们的货物。观众通常是不爱看广告的，尤其是插在节目中间的广告，不但扫兴，简直是讨厌。可是我们必须忍受，因为事实上是广告商招待我们看戏。

提醒自己上述几点之后就可以大模大样地看电视了。

看电视当然也有一个架势。不远不近的有个座位,灯光要调整好,泡碗好茶,配上一些闲食零嘴。"TV餐"倒不必要,很少人为了贪看电视像英国十八世纪三文治伯爵因舍不得离开赌桌而吃三文治(TV餐不高明,远不及三文治)。美国的标准电视零食是爆玉米花或炸洋芋片。按我们中国人的口味,似乎金圣叹临行所说"花生米与豆腐干同食大有胡桃滋味"确是不无道理。

看不多久,广告来了。你有没有香港脚,你是否患了感冒,你要不要滋补,你想不想象狼豹一般在田野飞驰?有些广告画面优美,也有些恶声恶相。广告时间就可以闭目养神,即使打个盹也没有多大损失。有时候真的呼呼大睡起来。平素失眠的人在电视前是容易入睡。

看电视多半是为娱乐,杀时间。但是有时亦适得其反,恶心。哭哭啼啼的没完没结,动不动就是眼泪直流,不是令人心酸,是令人反胃,更难堪的是笑剧穿插。很少喜剧演员能保持正常的人的面孔,不是狞眉皱眼,就龇牙咧嘴,再不就是佝腰缩颈,走起路来欹里歪斜,好像非如此不能引起大家的欢笑。当年文明戏盛行的时候，几乎所有丑角都犯一种毛病，无缘无故的就跌一跤，或是故作口吃，观众就会觉得好玩。如今时代进步，但是喜剧方面仍然特别的有才难之叹。

我事先提醒了自己，所以我感觉电视可以不必再观赏下去的时候，便轻轻地把它关掉。我不口出恶声，当然更不会有像传说中的砸烂荧幕的那样蠢事。好来好散，不伤和气。

光是挑剔而不赞美是不公道的，电视也给了我不少的快乐。我喜欢看新闻，百闻不如一见。例如报载某地火山爆发，就不如在电视上看那山崩地裂岩浆泛滥的奇景。火烧大楼、连环车祸，种种触目惊心的景象，都由电视送到目前。许多名流新贵，我耳闻其名而未曾识荆，无从拜见其尊容，在电视上便可以（而且是经常不断的）瞻仰他的相貌，多半是"天庭饱满，地阁方圆"。警察捕获的盗贼罪犯，自然又泰半是獐头鼠目的角色，见识一下也好（不过很奇怪，其中也有眉清目秀方面大耳的）。美国俚语，称上电视人员所使用的提词牌为"低能牌",我不知道我们的一些上电视的公务人员在接受访问或发表谈话的时候,是否也使用"低能牌",按说在他职掌范围之内的材料应该是滚瓜烂熟的,不至于低能到非照本宣科不可。如果使用"低能牌",便会露出低能相。

新闻过后便是所谓黄金时段。惭愧得很,这也正是我准备就寝的时候。不过真正好的连续剧,不是虚晃一招的花拳绣腿的武打,而是比较有一点深度的弘扬人性的戏,也可以使我牺牲一两个小时的睡眠。即使里面有一点或很多说教的意味,我也能勉强忍耐。这样的好戏不常见。

我对于野兽生活的片子很感兴趣。野兽是我们人类的远亲,久不闻问了。他们这些支族繁殖不旺,有的且面临绝种。我逛动物园,每每想起我们"北京人"时代的环境与生活,真正的发思古之幽情。看电视所播的野兽生活,格外的惊心动魄。我并不向往非洲的大狩猎。于今之世我们不该再打猎了。地球面积够大,让他们也活下去吧。

我国的旧戏早就在走下坡路。我因为从小就爱看戏,至今不能忘情。种种不便,难得出去看一回戏,在电视上却有缘看到大约百出以上的戏,其中颇有几出是前所未见的。新编的戏我不太热心,我要看旧的戏,注意的是演员的唱与作。我发现了一位武生特别的功夫扎实气度不凡。我在楼上写作,菁清就会冲上楼来,拉起我就走,连呼"快,快,你喜欢的'挑滑车'上映了!"我只好搁下笔和她一同欣赏电视上的"挑滑车"。电视前看戏,当然不及在舞台前,然而也差强人意了。

电视开始那一年就有有关烹饪示范的节目,我也一直要看这个节目。我不是想学手艺,因为我在这方面没有才能和野心,可是我看主持人的刀法实在利落,割鸡去骨悉中肯綮,操作程序有条不紊,衷心不但佩服而且喜悦。可惜播放时间屡次更动,我常失误观赏的机会。

运动节目也煞是好看。足球(不是橄榄球)、篮球、棒球的重要比赛,尤其是国际性的,我不肯轻易放过。前几年少棒队驰誉国际,半夜三更起来观看电视现场播映的观众,其中有一个是我。

考生的悲哀

我是一个投考大学的学生,简称曰考生。

常言道,生,老,病,死,乃人生四件大事。就我个人而言,除了这四件大事之外,考大学也是一个很大的关键。

中学一毕业,我就觉得飘飘然,不知哪里是我的归宿。"上智与下愚不移"。我并不是谦逊,我非上智,考大学简直没有把握,但我也并不是狂傲,我亦非下愚,总不能不去投考。我惴惴然,在所能投考的地方全去报名了。

有人想安慰我:"你没有问题,准是一榜及第!"我只好说:"多谢吉言。"我心里说:"你先别将我!捧得高,摔得重。万一我一败涂地,可怎么办?"

有人想恫吓我:"听说今年考生特别多,一百个里也取不了一个。可真要早些打主意。"我有什么主意可打呢?

有人说风凉话:"考学校的事可真没有准,全凭运气。"这倒是正道着了我的心情。我正是要碰碰运气。也许有人相信,考场的事与父母的德行、祖上的阴功、坟地的风水都很有关系,我却不愿因为自己考学校而连累父母祖坟,所以说我是很单纯的碰碰运气,试试我的流年。

话虽如此,我心里的忐忑不安是与日俱增的。临阵磨枪,没有用,不磨,更要糟心。我看见所有的人的眼睛都在用奇异的目光盯着我,似乎都觉得我是一条大毛虫,不知是要变蝴蝶,还是要变灰蛾。我也不知道我要变成一样什么东西。我心里悬想:如果考取,是不是可以扬眉吐气,是不是有许多人要给我几张笑脸看?如果失败,是不是需要在地板上找个缝儿钻进去?常听长一辈的人说,不能念书就只好去做学徒,学徒是要给掌柜的捧夜壶起。因此,我一连多少天,净做梦,一梦就是夜壶。

我把铅笔修得溜尖,锥子似的。墨盒里加足了墨汁。自来水笔灌足了墨水,外加墨水一瓶。三角板,毛笔,橡皮……一应俱全。

一清早我到了考场,已经满坑满谷的都是我的难友,一个个的都是神头鬼脸,龇牙咧嘴的。

听人说过,从前科举场中,有人喊:"有恩报恩有仇报仇!"我想到这里,就毛骨悚然。考场虽然是很爽朗,似也不免有些阴森之气。万一有个鬼魂和我过不去呢?

题目试卷都发下来了。我一目十行,先把题目大略地扫看一遍。还好,听说从前有学校考语文只有一道作文题目,全体交了白卷,因为题目没人懂,题目好像是"卞壶不苟时好论",典出《晋书》。我这一回总算没有遇见"卞壶",虽然"井儿""明儿"也难倒了我。有好几门功课,题目真多,好像是在做常识试验。试场里只听得沙沙地响,像是蚕吃桑叶。我手眼并用,笔不停挥。

"拍!"一声。旁边一位朋友的墨水壶摔了,溅了我一裤子蓝墨水。这一点儿也不稀奇,有必然性。考生没有不洒墨水的。有人的自来水笔干了,这也是必然的。有人站起来大声问,"抄题不抄题?"这也是必然的。

考场大致是肃静的。监考的先生们不知是怎样选的,都是目光炯炯,东一位,西一位,好多道目光在试场上扫来扫去,有的立在台上高瞻远瞩,有的坐在空位子上做埋伏,有的巡回检阅,真是如临大敌。最有趣的是查对照片,一位先生给一个考生相面一次,有时候还需要仔细端详,验明正身而后已。

为什么要考这样多功课,我不懂。至少两天,至多三天,我一共考四个学校,前前后后一个整月耗在考试中间,考得我不死也得脱层皮。

但是我安然考完了,一不曾犯规,二不曾晕厥。

现就等着发榜。

我沉住了气,我准备了最恶劣局势的来临。万一名落孙山,我不寻短见,明年再见。可是我也准备好,万一榜上有名,切不可像《儒林外史》里的范进,喜欢得痰迷心窍,挨屠户一记耳光才醒得过来。

榜?不是榜!那是犯人的判决书。

榜上如果没有我的名字,我从此在人面前要矮下半尺多。我在街上只能擦着边行走。我在家里只能低声下气地说话。我吃的饭只能从脊梁骨下去。不敢想。如果榜上有名,则除了怕嘴乐得闭不上之外当无其他危险。

明天发榜,我这一夜没好睡,直做梦,净梦见范进。

天蒙蒙亮,报童在街上喊:"买报瞧!买报瞧!"我连爬带滚地起来,买了一张报,打开一看,蚂蚁似的一片人名,我闭紧了嘴,怕心脏从口里跳出来,找来找去,找到了,我的名字赫然在焉!只听得,噗咚一声,心像石头一般落了地。我和范进不一样,我没发疯,我也不觉得乐,我只觉得麻木空虚,我不由自主地从眼里迸出了两行热泪。

教育你的父母

"养不教,父之过。"现在时代不同了。父母年纪大了,子女也负有教育父母的义务。话说起来好像有一点刺耳,而事实往往确是这样。

"吃到老,学到老。"前半句人人皆优为之,后半句却不易做到。人到七老八十,面如冻梨,痴呆黄耇,步履维艰,还教他学什么?只合含饴弄孙(如果他被准许做这样的事),或只坐在公园木椅上晒太阳。这时候做子女的就要因材施教,教他的父母不可自暴自弃,应该"当一天和尚撞一天钟""人生七十才开始"。西谚有云:"没有狗老得不能学新把戏。"岂可人不如狗?并且可以很容易地举出许多榜样,例如:

一、摩西老祖母一百岁时还在画。

二、罗素九十四岁时还在奔走世界和平。

三、萧伯纳九十二岁还在编戏。

四、史怀泽八十九岁还在非洲行医。

五、歌德写完他的《浮士德》时是八十三岁。

旁敲侧击,教他见贤思齐,争上游,不可以自甘老朽,饱食终日。游手好闲,耗吃等死,就是没出息。年轻人没出息,犹有指望,指望他有朝一日悛悔自新。上了年纪的人没出息,还有什么指望?二辈子!

孩子已经长大成人,甚至已经生男育女,在父母眼中他还是孩子。所以老莱子彩衣娱亲,仆地作儿啼,算是孝行。那时候他已经行年七十,他的父母该是九十以上的人了。这种孝行如今不可能发生。如今的孩子,翅膀一硬,就要远走高飞,此后男婚女嫁,小两口子自成一个独立的单位，五世同堂乃成为一种幻想，或竟是梦魇。现代子女应该早早提醒父母，老境如何打发，宜早为之计，告诉他们如何储蓄以为养老之资，如何锻炼身体以免百病丛生。最重要的是要他们心理有所准备，需要自求多福。颐养天年，与儿女无涉。俗语说："一个人可以养活十个儿子，十个儿子养不活一个爸爸。"那就是因为儿子本身也要养活儿子，自顾不暇，既要承上，又要启下，忙不过来。十个儿子互相推诿，爸爸就没人管了。

代沟之说，有相当的道理。不过这条沟如何沟通，只好潜移默化，子女对父母未便耳提面命。上一代的人有许多怪习惯，例如：父母对于用钱的方式，就常不为子女所了解。年轻人心里常嘀咕，你要那么多钱干什么？一个钱也带不了棺材里去！一个钱看得像斗大，一串串地穿在肋骨上，就是舍不得摘下来。眼瞧着钱财越积越多，而生活水准不见提高。嘀咕没有用，要事实上逐步提示新的生活模式。看他的一把座椅缺了一只脚，垫着一块砖，勉强凑合，你便不妨给他买一张转椅躺椅之类，看他肯不肯坐。

看他的衣服捉襟见肘，污渍斑斑，你便不妨给他买一件松松大大的夹克，看他肯不肯穿。这当然不免要破费几文，然而这是个案研究的教学法，教具是免不了的。终极目的是要父母懂得如何过现代的生活，要让他知道消费未必就是浪费。

勤俭起家的人无不爱惜物资。一颗饭粒都不可剩在碗里，更不可以落在地上。一张纸，一根绳，都不能委弃。以致家家都有一屋子的破铜烂铁。陶侃竹头木屑的故事一直传为美谈，须知陶侃至少有储存那些竹头木屑的地方。如今三房两厅的逼仄的局面，如何容得下那一大堆的东西？所以做子女的在家里要不时地负起清除家里陈年垃圾的责任。要教导父母，莫要心疼，旧的不去，新的不来。

我们一般中国人没有立遗嘱的习惯，尽管死后子女打得头破血出，或是把一张楠木桌锯成两半以便平分，或是缠讼经年丢人现眼，就是不肯早一点安排清楚。其原因在于讳言死。人活着的时候称死为"不讳"或"不可讳"，那意思就是说能讳时则讳,直到翘了辫子才不再讳。逼父母立遗嘱,这当然使不得。劝父母立遗嘱,也很难启齿。究竟如何使父母早立遗嘱,就要相机行事,乘父母心情开朗的时候,婉转进言,善为说词,以不伤感情为主。等到父母病革,快到易箦的时候才请他口授遗言,似乎是太晚了一些。

教育的方法多端,言教不如身教。父母设非低能,大抵也会知道模仿。在公共场所,如果年轻人都知道不可喧哗,他们的父母大概也会不大声说话。如果年轻人都知道鱼贯排队,他们的父母也会不再攘臂抢先。如果年轻人不牵着狗在人行道上遗矢,他们的父母也许不好意思到处吐痰。种种无言之教,影响很大,父母教育儿女,儿女也教育父母,有些事情是需要解释的,例如,中年发福不是好现象,要防止血压高,要注意胆固醇等。

有些父母在行为上犯有错误,甚至恶性重大不堪造就,为人子者也负有教育的责任。子曰:"事父母,几谏;见志不从,又敬而不违,劳而不怨。"这就是说,父母有错，要委婉劝告，不可不管；他不听，也不可放弃不管，更不可怨恨。当然，更不可以体罚。看父母那副孱弱的样子，不足以当尊拳。

病

鲁迅曾幻想到吐半口血扶两个丫鬟到阶前看秋海棠,以为那是雅事。其实天下雅事尽多,唯有生病不能算雅。没有福分扶丫鬟看秋海棠的人,当然觉得那是可羡的,但是加上"吐半口血"这样一个条件,那可羡的情形也就不怎样可羡,似乎还不如独自一个硬硬朗朗到菜圃看一畦萝卜白菜。

最近看见有人写文章,女人怀孕写作"生理变态",我觉得这人倒有点"心理变态"。病才是生理变态。病人

第二章 笑谈自在人生

的一张脸就够瞧的,有的黄得像讣闻纸,有的青得像新出土的古铜器,比髑髅多一张皮,比面具多几个眨眼。病是变态,由活人变成死人的一条必经之路。因为病是变态,所以病是丑的。西子捧心蹙颦,人以为美,我想这也是私人癖好,想想海上还有逐臭之夫,这也就不足为奇。

我由于一场病,在医院住了很久。我觉得我们中国人最不适宜于住医院。在不病的时候,每个人在家里都可以做土皇帝,佣仆不消说是用钱雇来的奴隶,妻子只是供膳宿的奴隶,父母是志愿的奴隶,平日养尊处优惯了,一旦他老人家欠安违和,抬进医院,恨不得把整个的家(连厨房在内)都搬进去!病人到了医院,就好像是到了自己的别墅似的,忽而买西瓜,忽而冲藕粉,忽而打洗脸水,忽而灌暖水壶。与其说医院家庭化,毋宁说医院旅馆化,最像旅馆的一点,便是人声嘈杂,四号病人快要咽气,这并不妨碍五号病房的客人的高谈阔论;六号病人刚吞下两包安眠药,这也不能阻止七号病房里扯着嗓子喊黄嫂。医院是生与死的决斗场,呻吟号啕以及欢呼叫嚣之声,当然都是人情之所不能已，圣人弗禁。所苦者是把医院当作养病之所的人。

但是有一次我对于我隔壁房所发的声音，是能加以原谅的。是夜半，是女人声音，先是摇铃随后是喊"小姐"，然后一声铃间一声喊，由原板到流水板，愈来愈促，愈来愈高，我想医院里的人除了住了太平间的之外大概谁都听到了，然而没有人送给她所要用的那件东西。呼声渐变成号声，情急渐变成哀恳，等到那件东西等因奉此地辗转送到时，已经过了时效，不复成为有用的了。

旧式讣闻喜用"寿终正寝"字样，不是没有道理的。在家里养病，除了病不容易治好之外，不会为病以外的事情着急。如果病重不治必须寿终，则寿终正寝是值得提出来傲人的一件事，表示死者死得舒服。

人在大病时，人生观都要改变。我在奄奄一息的时候，就感觉得人生无常，对一切不免要多加一些宽恕，例如对于一个冒领米贴的人，平时绝不稍予假借，但在自己连打几次强心针之后，再看着那个人贸贸然来，也就不禁心软，认为他究竟也还可以算作一个圆颅方趾的人。鲁迅死前遗言"不饶恕，也不求人饶恕"，那种态度当然也可备一格。不似鲁迅那般伟大的人，便在体力不济时和人类容易妥协。我僵卧了许多天之后，看着每个人都有人性，觉得这世界还是可留恋的。不过我在体温脉搏都快恢复正常时，又故态复萌，眼睛里揉不进沙子了。

弱者才需要同情，同情要在人弱时施给，才能容易使人认识那份同情，一个人病得吃东西都需要喂的时候，如果有人来探视，那一点同情就像甘露滴在干土上一般，立刻被吸收了进去。病人会觉得人类当中彼此还有联系，人对人究竟比兽对人要温和得多。不过探视病人是一种艺术，和新闻记者的访问不同，和吊丧又不同。我最近一次病，病情相当曲折，叙述起来要半小时，如用欧化语体来说半小时还不够。而来看我的人是如此诚恳，问起我的病状便不能不详为报告，而讲述到三十次以上时，便感觉像一位老教授年年在讲台上开话匣片子那样单调而且惭愧。我的办法是，对于远路来的人我讲得要稍为扩大一些，而且要强调病的危险,为的是叫他感觉此行不虚,不使过于失望。对于邻近的朋友们则不免一切从简诸希矜宥!有些异常热心的人,如果不给我一点什么帮助,一定不肯走开,即使走开也一定不会愉快,我为使他愉快起见,口虽不渴也要请他倒过一杯水来,自己做"扶起娇无力"状。有些道貌岸然的朋友,看见我就要脱离苦海,不免悟出许多佛门大道理,脸上愈发严重,一言不发,愁眉苦脸,对于这朋友我将来特别要借重,因为我想他于探病之外还适于守尸。

怒

一个人在发怒的时候,最难看。纵然他平素面似莲花,一旦怒而变青变白,甚至面色如土,再加上满脸的筋肉扭曲,眦裂发指,那副面目实在不仅是可憎而已。俗语说,"怒从心上起,恶向胆边生",怒是心理的也是生理的一种变化。人逢不如意事,很少不勃然变色的。年少气盛,一言不合,怒气相加,但是许多年事已长的人,往往一样的火发暴躁。我有一位姻长,已到杖朝之年,并且半身瘫痪,每晨必阅报纸,戴上老花镜,打开报纸,不久就要把桌子拍得山响,吹胡瞪眼,破口大骂。报上的记载,他看不顺眼。不看不行,看了怄气。这时候大家躲他远远的,谁也不愿逢彼之怒。过一阵雨过天晴,他的怒气消了。

诗云:"君子如怒,乱庶遄沮;君子如祉,乱庶遄已。"这是说有地位的人,赫然震怒,就可以收拨乱反正之效。一般人还是以少发脾气少惹麻烦为上。盛怒之下,体内血球不知道要伤损多少,血压不知道要升高几许,总之是不卫生。而且血气沸腾之际,理智不大清醒,言行容易逾分,于人于己都不相宜。希腊哲学家哀皮克蒂特斯说:"计算一下你有多少天不曾生气。在从前,我每天生气;有时每隔一天生气一次;后来每隔三四天生气一次;如果你一连三十天没有生气,就应该向上帝献祭表示感谢。"减少生气的次数便是修养的结果。修养的方法,说起来好难。另一位同属于斯多亚派的哲学家罗马的玛可斯·奥瑞利阿斯这样说:"你因为一个人的无耻而愤怒的时候,要这样地问你自己:'那个无耻的人能不在这世界存在么？'那是不能的。不可能的事不必要求。"坏人不是不需要制裁，只是我们不必愤怒。如果非愤怒不可，也要控制那愤怒，使发而中节。佛家把"瞋"列为三毒之一，"瞋心甚于猛火"，克服瞋恚是修持的基本功夫之一。燕丹子说："血勇之人，怒而面赤；脉勇之人，怒而面青；骨勇之人，怒而面白；神勇之人，怒而色不变。"我想那神勇是从苦行修炼中得来的。生而喜怒不形于色，那天赋实在太厚了。

清朝初叶有一位李绂，著《穆堂类稿》，内有一篇《无怒轩记》，他说："吾年逾四十，无涵养性情之学，无变化气质之功，因怒得过，旋悔旋犯，惧终于忿戾而已，因以'无怒'名轩。"是一篇好文章，而其戒谨恐惧之情溢于言表，不失读书人的本色。

穷

人生下来就是穷的,除了带来一口奶之外,赤条条的,一无所有,谁手里也没有握着两个钱。在稍稍长大一点,阶级渐渐显露,有的是金枝玉叶,有的是"杂和面口袋"。但是就大体而论,还是泥巴里打滚袖口上抹鼻涕的居多。儿童玩具本是少得可怜,而大概其中总还免不了一具"扑满",瓦做的,像是陶器时代的出品,大的小的挂绿釉的都有,间或也有形如保险箱,有铁制的,这种玩具的用意就是警告孩子们,有钱要积蓄起来,免得在饥荒的

第二章 / 笑谈自在人生

时候受穷，穷的阴影在这时候就已罩住了我们！好容易过年赚来几块压岁钱，都被骗弄丢在里面了，丢进去就后悔，想从缝里倒出是万难，用小刀拨也是枉然。积蓄是稍微有一点，穷还是穷。而且事实证明，凡是积在扑满里的钱，除了自己早早下手摔破的以外，大概后来就不知怎样就没有了，很少能在日后发生什么救苦救难的功效。等到再稍稍长大一点，用钱的欲望更大，看见什么都要流涎，手里偏偏是空空如也，那时候真想来一个十月革命。就是富家子也是一样，尽管是绮襦纨绔，他还是恨继承开始太晚。这时候他最感觉穷，虽然他还没认识穷。人在成年之后，开始面对着糊口问题，不但糊自己的口，还要糊附属人员的口，如果脸皮欠厚心地欠薄，再加上祖上是"忠厚传家诗书继世"的话，他这一生就休想能离开穷的掌握，人的一生，就是和穷挣扎的历史。和穷挣扎的一生，无论胜利或失败，都是惨。能不和穷挣扎，或于挣扎之余还有点闲工夫做些别的事，那人是有福了。

所谓穷，也是比较而言。有人天天喊穷，不是今天透支，就是明天举债，数目大得都惊人，然后指着身上衣服的一块补丁或是皮鞋上的一条小小裂缝作为他穷的铁证。这是寓阔于穷，文章中的反衬法。也有人量入为出，温饱无虞，可是又担心他的孩子将来自费留学的经费没有着落，于是于自我麻醉中陷入于穷的心理状态。若是西装裤的后方越磨越薄，由薄而破，由破而织，由织而补上一大块布，细针密缝，老远地看上去像是一个圆圆的箭靶，（说也奇怪，人穷是先从裤子破起！）那么，这个人可是真有些近于穷了。但是也不然，穷无止境。"大雪纷纷落，我住柴火垛，看你们穷人怎么过！"穷人眼里还有更穷的人。

穷也有好处。在优裕环境里生活着的人，外加的装饰与铺排太多，可以把他的本来面目掩没无遗，不但别人认不清他真的面目，往往对他发生误会（多半往好的方面误会），就是自己也容易忘记自己是谁。穷人则不然，他的褴褛的衣裳等于是开着许多窗户，可以令人窥见他的内容，他的荜门蓬户，尽管是穷气冒三尺，却容易令人发见里面有一个人。人越穷,越靠他本身的成色,其中毫无夹带藏掖。人穷还可落个清闲,既少"车马驻江干",更不会有人来求谋事,讣闻请笺都不会常常上门,他的时间是他自己的。穷人的心是赤裸的,和别的穷人之间没有隔阂,所以穷人才最慷慨。金错囊中所余无钱,买房置地都不够,反正是吃不饱饿不死,落得来个爽快,求片刻的快意,此之谓"穷大手"。我们看见过富家弟兄析产的时候把一张八仙桌子劈开成两半,不曾看见两个穷人抢食半盂残羹剩饭。

穷时受人白眼是件常事,狗不也是专爱对着鹑衣百结的人汪汪吗?人穷则颈易缩,肩易耸,头易垂,须发许是特别长得快,擦着墙边逡巡而过,不是贼也像是贼,以这种姿态出现,到处受窘。所以人穷则往往自然地有一种抵抗力出现,是名曰:酸。穷一经酸化,便不复是怕见人的东西。别看我衣履不整,我本来不以衣履见长!人和衣服架子本来是应该有分别的。别看我囊中羞涩,我有所不取;别看我落魄无聊,我有所不为,这样一想,一股浩然之气火辣辣地从丹田升起,腰板自然挺直,胸膛自然凸出,徘徊啸傲,无往不宜。在别人的眼里,他是一块茅厕砖——臭而且硬,可是,人穷而不志短者以此,布衣之士而可以傲王侯者亦以此,所以穷酸亦不可厚非,他不得不如此,穷若没有酸支持着,它不能持久。

扬雄有逐贫之赋,韩愈有送穷之文,理直气壮地要与贫穷绝缘,反倒被穷鬼说服,改容谢过肃之上座,这也是酸极一种变化。贫而能逐,穷而能送,何乐而不为?逐也逐不掉,送也送不走,只好硬着头皮甘与穷鬼为伍。穷不是罪过,但也究竟不是美德,值不得夸耀,更不足以傲人。典型的穷人该是颜回,一箪食,一瓢饮,在陋巷,不改其乐。不改其乐当然是很好,箪食瓢饮究竟不大好,营养不足,所以颜回活到三十二岁短命死矣。孔子所说:"饭疏食饮水,曲肱而枕之,乐亦在其中矣。"譬喻则可,当真如此就嫌其不大卫生。

懒

人没有不懒的。

大清早,尤其是在寒冬,被窝暖暖的,要想打个挺就起床,真不容易。荒鸡叫,由它叫。闹钟响,何妨按一下钮,在床上再赖上几分钟。白香山大概就是一个惯睡懒觉的人,他不讳言"日高睡足犹慵起,小阁重衾不怕寒"。他不仅懒,还馋,大言不惭地说:"慵馋还自哂,快乐亦谁知?"白香山活了七十五岁,可是写了两千七百九十首诗,早晨睡睡懒觉,我们还有什么说的?

懒字从女（嬾字现已简化为懒——编者），当初造字的人，好像是对于女性存有偏见。其实勤与懒与性别无关。历史人物中，疏懒成性者嵇康要算是一位。他自承："不涉经学，性复疏懒，筋驽肉缓，头面常一月十五日不洗，不大闷痒，不能洗也。每常小便，而忍不起，令胞中略转，乃起耳。"同时，他也是"卧喜晚起"之徒，而且"性复多虱，把搔无已"。他可以长期的不洗头、不洗脸、不洗澡，以至于浑身生虱！和扪虱而谈的王猛都是一时名士。白居易"经年不沐浴，尘垢满肌肤"，还不是由于懒？苏东坡好像也够邋遢的，他有"老来百事懒，身垢犹念浴"之句，懒到身上蒙垢的时候才做沐浴之想。女人似不至此，尚无因懒而昌言无隐引以自傲的。主持中馈的一向是女人，缝衣捣砧的也一向是女人。"早起三光，晚起三慌"是从前流行的女性自励语，所谓三光、三慌是指头上、脸上、脚上。从前的女人，夙兴夜寐，没有不患睡眠不足的，上上下下都要伺候周到，还要揪着公鸡的尾巴就起来，来照顾她自己的"妇容"。头要梳，脸要洗，脚要裹。所以朝晖未上就花朵盛开的牵牛花，别称为"勤娘子"，懒婆娘没有欣赏的份，大概她只能观赏昙花。时到如今，情形当然不同，我们放眼观察，所谓前进的新女性，哪一个不是生龙活虎一般，主内兼主外，集家事与职业于一身？世上如果真有所谓懒婆娘，我想其数目不会多于好吃懒做的男子汉。北平从前有一个流行的儿歌："头不梳，脸不洗，拿起尿盆儿就舀米"是夸张的讽刺。懒字从女，有一点冤枉。

凡是自安于懒的人，大抵有他或她的一套想法。可以推给别人做的事，何必自己做？可以拖到明天做的事，何必今天做？一推一拖，懒之能事尽矣。自以为偶然偷懒，无伤大雅。而且世事多变，往往变则通，在推拖之际，情势起了变化，可能一些棘手的问题会自然解决。"不需计较苦劳心，万事原来有命！"好像有时候馅饼是会从天上掉下来似的。这种打算只有一失，因为人生无常，如石火风灯，今天之后有明天，明天之后还有明天，可是谁也不知道自己还有没有明天。即使命不该绝，明天还有明天的事，事越积越多，越多越懒得去做。"虱多不痒，债多不愁",那是自我解嘲!懒人做事,拖拖拉拉,到头来没有不丢三落四狼狈慌张的。你懒,别人也懒,一推再推,推来推去,其结果只有误事。

懒不是不可医,但须下手早,而且须从小处着手。这事需劳作父母的帮一把手。有一家三个孩子都贪睡懒觉,遇到假日还理直气壮地大睡,到时候母亲拿起晒衣服用的竹竿在三张小床上横扫,三个小把戏像鲤鱼打挺似的翻身而起。此后他们养成了早起的习惯,一直到大。父亲房里有几份报纸,欢迎阅览,但是他有一个怪毛病,任谁看完报纸之后,必须折好叠好放还原处,否则他就大吼大叫。于是三个小把戏触类旁通,不但看完报纸立即还原,对于其他家中日用品也不敢随手乱放,小处不懒,大事也就容易勤快。

我自己是一个相当的懒的人,常走抵抗最小的路,虚掷不少的光阴。"架上非无书,眼慵不能看"(白香山句)。等到知道用功的时候,徒惊岁晚而已。英国十八世纪的绥夫特,偕仆远行,路途泥泞,翌晨呼仆擦洗他的皮靴,仆有难色,他说:"今天擦洗干净,明天还是要泥污。"绥夫特说:"好,你今天不要吃早餐了。今天吃了,明天还是要吃。"唐朝的高僧百丈禅师,以"一日不作,一日不食"自励,每天都要劳动作农事,至老不休。有一天他的弟子们看不过,故意把他的农具藏了起来,使他无法工作,他于是真个的饿了自己一天没有进食。得道的方外的人都知道刻苦自律,清代画家石豀和尚在他一幅《溪山无尽图》上题了这样一段话,特别令人警惕。

大凡天地生人,宜清勤自持,不可懒惰。若当得个懒字,便是懒汉,终无用处。……残衲住牛首山房朝夕焚诵,稍余一刻,必登山选胜,一有所得,随笔作山水数幅或字一段,总之不放闲过。所谓静生动,动必做出一番事业。端教一个人立于天地间无愧。若忽忽不知,懒而不觉,何异草木!

一株小小的含羞草,尚且不是完全的"忽忽不知,懒而不觉!"若是人而不如小草,羞!羞!羞!

第三章 在世间沉默独行

有道之士,对于尘劳烦恼早已不放在心上,自然更能欣赏沉默的境界。这种沉默,不是话到嘴边再咽下去,是根本没话可说,所谓"知者不言,言者不知"。

沉　默

我有一位沉默寡言的朋友。有一回他来看我，嘴边绽出微笑，我知道那就是相见礼，我肃客入座，他欣然就席。我有意要考验他的定力，看他能沉默多久，于是我也打破我的习惯，我也守口如瓶。二人默对，不交一语，壁上的时钟嘀嗒嘀嗒的声音特别响。我忍耐不住，打开一听香烟递过去，他便一枝接一枝地抽了起来，吧嗒吧嗒之声可闻。我献上一杯茶，他便一口一口地翕呷，左右顾盼，意态萧然。等到茶尽三碗，烟罄半听，主人并未欠伸，客人兴起告辞，自始至终没有一句话。这位朋友，现在已归道山，这一回无言造访，我至今不忘。想不到"闻所闻而来，见所见而去"的那种六朝人的风度，于今之世，尚得见之。

明张鼎思《琅琊代醉编》有一段记载："刘器之待制对客多默坐，往往不交一谈，至于终日。客意甚倦，或谓去，辄不听，至留之再三。有问之者，曰：'人能终日危坐，而不欠伸欹侧，盖百无一二，其能之者必贵人也。'以其言试之，人皆验。"可见对客默坐之事，过去亦不乏其例。不过所谓"主贵"之说，倒颇耐人寻味。所谓贵，一定要有一副高不可攀的神情，纵然不拒人千里之外，至少也要令人生莫测高深之感，所以处大居贵之士多半有一种特殊的本领，两眼望天，面部无表情，纵然你问他一句话，他也能听若无闻，不置可否。这样的人，如何能不贵？因为深沉的外貌，正好掩饰内部的空虚，这样的人最宜于摆在庙堂之上。《孔子家语》明明地写着，孔子"入太祖后稷之庙，庙堂右阶之前有金人焉，三缄其口，而铭其背曰：'古之慎言人也。'"这庙堂右阶的金人，不是为市井细民作榜样的。

謇谔之臣，骨鲠在喉，一吐为快，其实他是根本负有诤谏之责，并不是图一时之快。鸡鸣犬吠，各有所司，若有言官而箝口结舌，宁不有愧于鸡犬？至于一般的仁人君子，没有不愤世忧时的，其中大部分悯默无言，但间或也有"宁鸣而死，不默而生"的人，这样的人可使当世的人为之感喟，为之击节，他不能全名养寿，他只能在将来历史上享受他应得的清誉罢了。在有"不发言的自由"的时候而甘愿放弃这一项自由，这也是个人的自由。在如今这个时代，沉默是最后的一项自由。

有道之士，对于尘劳烦恼早已不放在心上，自然更能欣赏沉默的境界。这种沉默，不是话到嘴边再咽下去，是根本没话可说，所谓"知者不言，言者不知"。世尊在灵山会上，拈花示众，众皆寂然，唯迦叶破颜微笑，这会心微笑胜似千言万语。莲池大师说得好："世间醹醯醇醴，藏而弥久而弥美者，皆繇封锢牢密不泄气故。古人云，

第三章 / 在世间沉默独行

'二十年不开口说话,向后佛也奈何你不得。'旨哉言乎!"二十年不开口说话,也许要把口闷臭,但是语言道断之后,性水澄清,心珠自现,没有饶舌的必要。基督教Carthusian教派也是以沉默静居为修行法门,经常彼此不许说话。"此中有真意,欲辩已忘言。"

庄子说:"吾安得夫忘言之人,而与之言哉?"现在想找真正懂得沉默的朋友,也不容易了。

寂　寞

寂寞是一种清福。我在小小的书斋里，焚起一炉香，袅袅的一缕烟线笔直地上升，一直戳到顶棚，好像屋里的空气是绝对的静止，我的呼吸都没有搅动出一点波澜似的。我独自暗暗地望着那条烟线发怔。屋外庭院中的紫丁香还带着不少嫣红焦黄的叶子，枯叶乱枝的声响可以很清晰地听到，先是一小声清脆的折断声，然后是撞击着枝干的磕碰声，最后是落到空阶上的拍打声。这时节，我感到了寂寞。在这寂寞中我意识到了我自己的存在——片刻的孤立的存在。这种境界并不太易得，与环境有关，但更与心境有关。寂寞不一定要到深山大泽里去寻求，只要内心清净，随便在市廛里、陋巷里，都可以感觉到一种空灵悠逸的境界，所谓"心远地自偏"是也。在这种境界中，我们可以在想象中翱翔，跳出尘世的渣滓，与古人同游。所以我说，寂寞是一种清福。

在礼拜堂里我也有过同样的经验。在伟大庄严的教堂里，从彩画玻璃窗透进一股不很明亮的光线，沉重的琴声好像是把人的心都洗淘了一番似的，我感到了我自己的渺小。这渺小的感觉便是我意识到我自己存在的明证。因为平常连这一点点渺小之感都不会有的！

我的朋友萧丽先生卜居在广济寺里，据他告诉我，在最近一个夜晚，月光皎洁，天空如洗，他独自踱出僧房，立在大雄宝殿的石阶上，翘首四望，月色是那样的晶明，蓊郁的树是那样的静止，寺院是那样的肃穆，他忽然顿有所悟，悟到永恒，悟到自我的渺小，悟到四大皆空的境界。我相信一个人常有这样的经验，他的胸襟自然豁达辽阔。

但是寂寞的清福是不容易长久享受的。它只是一瞬间的存在。世界有太多的东西不时地提醒我们，提醒我们一件煞风景的事实：我们的两只脚是踏在地上的呀！一只苍蝇撞在玻璃窗上挣扎不出，一声"老爷太太可怜可怜我这个瞎子罢"，都可以使我们从寂寞中间一头栽出去，栽到苦恼烦躁的旋涡里去。至于"催租吏"一类的东西打上门来，或是"石壕吏"之类的东西半夜捉人，其足以使人败兴生气，就更不待言了。这还是外界的感触，如果自己的内心先六根不净，随时都意马心猿，则虽处在最寂寞的境地里，他也是慌成一片忙成一团，六神无主，暴躁如雷，他永远不得享受寂寞的清福。

如此说来，所谓寂寞不即是一种唯心论，一种逃避现实的现象么？也可以说是。一个高韬隐遁的人，在从前的社会里还可以存在，而且还颇受人敬重，在现在的社会里是绝对的不可能。现在似乎只有两种类型的人了，一是在现实的泥淖中打转的人，一是偶然也从泥淖中昂起头来喘口气的人。寂寞便是供人喘息的几口新空气。喘几口气之后还得耐心地低头钻进泥溷里去。所以我对于能够昂首物外的举动并不愿再多苛责。逃避现实,如果现实真能逃避,吾寤寐以求之!

有过静坐经验的人该知道,最初努力把握着自己的心,叫它什么也不想,那是多么困难的事!那是强迫自己入于寂寞的手段,所谓参禅入定完全属于此类。我所赞美的寂寞,稍异于是。我所谓的寂寞,是随缘偶得,无须强求,一霎间的妙悟也不嫌短,失掉了也不必怅惘。但凡我有一刻寂寞,我要好好地享受它。

送 行

"黯然销魂者,惟别而已矣。"遥想古人送别,也是一种雅人深致。古时交通不便,一去不知多久,再见不知何年,所以南浦唱支骊歌,灞桥折条杨柳,甚至在阳关敬一杯酒,都有意味。李白的船刚要启碇,汪伦老远的在岸上踏歌而来,那幅情景真是历历如在目前。其妙处在于纯朴真挚,出之以潇洒自然。平素莫逆于心,临别难分难舍。如果平常我看着你面目可憎,你觉着我语言无味,一旦远离,那是最好不过,只恨世界太小,唯恐将来又要碰头,何必送行?

第三章 / 在世间沉默独行

在现代人的生活里，送行是和拜寿送殡等一样地成为应酬的礼节之一。"揪着公鸡尾巴"起个大早，迷迷糊糊地赶到车站码头，挤在乱哄哄人群里面，找到你的对象，扯几句淡话，好容易耗到汽笛一叫，然后鸟兽散，吐一口轻松气，噘着大嘴回家。这叫作周到。在被送的那一方面，觉得热闹，人缘好，没白混，而且体面，有这么多人舍不得我走，斜眼看着旁边的没人送的旅客，相形之下，尤其容易起一种优越之感，不禁精神抖擞，恨不得对每一个送行的人要握八次手，道十回谢。死人出殡，都讲究要有多少亲友执绋，表示恋恋不舍，何况活人？行色不可不壮。

悄然而行似是不大舒服，如果别的旅客在你身旁耀武扬威地与送行的话别，那会增加旅中的寂寞。这种情形，中外皆然。Max Beerbohm写过一篇《谈送行》，他说他在车站上遇见一位以演剧为业的老朋友在送一位女客，始而喁喁情话，俄而泪湿双颊，终乃汽笛一声，勉强抑止哽咽，向女郎频频挥手，目送良久而别。原来这位演员是在作戏，他并不认识那位女郎，他是属于"送行会"的一个职员，凡是旅客孤身在外而愿有人到站相送的，都可以到"送行会"去雇人来送。这位演员出身的人当然是送行的高手，他能放进感情，表演逼真。客人纳费无多，在精神上受惠不浅。尤其是美国旅客，用金钱在国外可以购买一切，如果"送行会"真的普遍设立起来，送行的人也不虞缺乏了。

送行既是人生中所不可少的一桩事，送行的技术也便不可不注意到。如果送行只限于到车站码头报到，握手而别，那么问题就简单，但是我们中国的一切礼节都把"吃"列为最重要的一个项目。一个朋友远别，生怕他饿着走，饯行是不可少的，恨不得把若干天的营养都一次囤积在他肚里。我想任何人都有这种经验，如有远行而消息外露（多半还是自己宣扬），他有理由期望着饯行的帖子纷至沓来，短期间家里可以不必开伙。还有些思虑更周到的人，把食物携在手上，亲自送到车上船上，好像是你在半路上会要挨饿的样子。

我永远不能忘记最悲惨的一幕送行。一个严寒的冬夜，车站上并不热闹，客人和送客的人大都在车厢里取暖，但是在长得没有止境的月台上却有黑压压的一堆送行

第三章 / 在世间沉默独行

的人,有的围着斗篷,有的戴着风帽,有的脚尖在洋灰地上敲鼓似的乱动,我走近一看全是熟人,都是来送一位太太的。车快开了,不见她的踪影,原来在这一晚她还有几处饯行的宴会。在最后的一分钟,她来了。送行的人们觉得是在接一个人,不是在送一个人,一见她来到大家都表示喜欢,所有惜别之意都来不及表现了。她手上抱着一个孩子,吓得直哭,另一只手扯着一个孩子,连跑带拖,她的头发蓬松着,嘴里喷着热气像是冬天载重的骡子,她顾不得和送行的人周旋,三步两步地就跳上了车。这时候车已蠕动。送行的人大部分都手里提着一点东西,无法交付,可巧我站在离车门最近的地方,大家把礼物都交给了我,"请您偏劳给送上去吧!"我好像是一个圣诞老人,抱着一大堆礼物,我一个箭步蹿上了车,我来不及致辞,把东西往她身上一扔,回头就走,从车上跳下来的时候,打了几个转才立定脚跟。事后我接到她一封信,她说:

那些送行的都是谁?你丢给我那一堆东西,到底是谁送的？我在车上整理了好半天，才把那堆东西聚拢起来打成一个大包袱。朋友们的盛情算是给我添了一件行李。我愿意知道哪一件东西是哪一位送的，你既是代表送上车的，你当然知道，盼速见告。

计开

水果三筐，泰康罐头四个，果露两瓶，蜜饯四盒，饼干四罐，豆腐乳四罐，蛋糕四盒，西点八盒，纸烟八听，信纸信封一匣，丝袜两双，香水一瓶，烟灰碟一套，小钟一具，衣料两块，酱菜四篓，绣花拖鞋一双，大面包四个，咖啡一听，小宝剑两把……

这问题我无法答复，至今是个悬案。

我不愿送人，亦不愿人送我，对于自己真正舍不得离开的人，离别的那一刹那像是开刀，凡是开刀的场合照例是应该先用麻醉剂，使病人在迷蒙中度过那场痛苦，所以离别的苦痛最好避免。一个朋友说，"你走，我不送你，你来，无论多大风多大雨，我要去接你。"我最赏识那种心情。

孩 子

兰姆是终身未娶的,他没有孩子,所以他有一篇《未婚者的怨言》收在他的《伊利亚随笔》里。他说孩子没有什么稀奇,等于阴沟里的老鼠一样,到处都有,所以有孩子的人不必在他面前炫耀。他的话无论是怎样中肯,但在骨子里有一点酸——葡萄酸。

我一向不信孩子是未来世界的主人翁,因为我亲见孩子到处在做现在的主人翁。孩子活动的主要范围是家庭,而现代家庭很少不是以孩子为中心的。一夫一妻不能成为家，没有孩子的家像是一株不结果实的树，总缺点什么；必定等到小宝贝呱呱坠地，家庭的柱石才算放稳，男人开始做父亲，女人开始做母亲，大家才算找到各自的岗位。我问过一个并非"神童"的孩子："你妈妈是做什么的？"他说："给我缝衣的。""你爸爸呢？"小宝贝翻翻白眼："爸爸是看报的！"但是他随即更正说："是给我们挣钱的。"孩子的回答全对。爹妈全是在为孩子服务。母亲早晨喝稀饭，买鸡蛋给孩子吃；父亲早晨吃鸡蛋，买鱼肝油精给孩子吃。最好的东西都要献呈给孩子，否则，做父母的心里便起惶恐，像是做了什么大逆不道的事一般。孩子的健康及其舒适，成为家庭一切设施的一个主要先决问题。这种风气，自古已然，于今为烈。自有小家庭制以来，孩子的地位顿形提高。以前的"孝子"是孝顺其父母之子，今之所谓"孝子"乃是孝顺其孩子之父母。孩子是一家之主，父母都要孝他！

"孝子"之说，并不偏激。我看见过不少的孩子，鼓噪起来能像一营兵；动起武来能像械斗；吃起东西来能像饿虎扑食；对于尊长宾客有如生番；不如意时撒泼打滚有如羊痫，玩得高兴时能把家具什物狼藉满室，有如惨遭洗劫……但是"孝子"式的父母则处之泰然，视若无睹，顶多皱起眉头，但皱不过三四秒钟仍复堆下笑容，危及父母的生存和体面的时候，也许要狠心咒骂几声，但那咒骂大部分是哀怨乞怜的性质，其中也许带一点威吓，但那威吓只能得到孩子的讪笑，因为那威吓是向来没有兑现过的。"孟懿子问孝，子曰：'无违。'"今之"孝子"深韪是说。凡是孩子的意志，为父母者宜多方体贴，勿使稍受挫阻；近代儿童教育心理学者又有"发展个性"之说，与"无违"之说正相符合。

体罚之制早已被人唾弃，以其不合儿童心理健康之故。我想起一个外国的故事：

一个母亲带孩子到百货商店。经过玩具部，看见一匹木马，孩子一跃而上，前摇后摆，踌躇满志，再也不肯下来。那木马不是为出售的，是商店的陈设。店员们叫孩子下来,孩子不听;母亲叫他下来,加倍不听;母亲说带他吃冰激凌去,依然不听;买朱古力糖去,格外不听。任凭许下什么愿,总是还你一个不听;当时演成僵局,顿成胶着状态。最后一位聪明的店员建议说:"我们何妨把百货商店特聘的儿童心理学家请来解围呢?"众谋佥同,于是把一位天生成有教授面孔的专家从八层楼请了下来。专家问明原委,轻轻走到孩子身边,附耳低声说了一句话,那孩子便像触电一般,滚鞍落马,牵着母亲的衣裙,仓皇遁去。事后有人问那专家到底对孩子说的是什么话,那专家说:"我说的是:'你若不下马,我打碎你的脑壳!'"

这专家真不愧为专家,但是颇有不孝之嫌。这孩子假如平常受惯了不兑现的体罚、威吓,则这专家亦将无所施其技了。约翰孙博士主张不废体罚,他以为体罚的妙处在于直截了当,然而约翰孙博士是十八世纪的人,不合时代潮流!

哈代有一首小诗,写孩子初生,大家誉为珍珠宝贝,稍长都夸作玉树临风，长成则为非作歹，终至于陈尸绞架。这老头子未免过于悲观。但是"幼有神童之誉，少怀大志，长而无闻，终乃与草木同朽"——这确是个可以普遍应用的公式。"小时聪明，大时未必了了。"究竟是知言，然而为父母者多属乐观。孩子才能骑木马，父母便幻想他将来指挥十万貔貅时之马上雄姿；孩子才把一曲抗战小歌哼得上口，父母便幻想着他将来喉声一啭彩声雷动时的光景；孩子偶然拨动算盘，父母便暗中揣想他将来或能掌握财政大权，同时兼营投机买卖……这种乐观往往形诸言语，成为炫耀，使旁观者有说不出的感想。曾见一幅漫画：一个孩子跪在他父亲的膝头用他的玩具敲打他父亲的头，父亲眯着眼在笑，那表情像是在宣告："看看！我的孩子！多么活泼，多么可爱！"旁边坐着一位客人咧着大嘴做傻笑状，表示他在看着，而且感觉兴趣。这幅画的标题是："演剧术"。一个客人看着别人家的孩子而能表示感觉兴趣，这真确实需要良好的"演剧术"。兰姆显然是不欢喜演这样的戏。

孩子中之比较最蠢、最懒、最刁、最泼、最丑、最弱、最不讨人欢喜的，往往最得父母的钟爱。此事似颇费解，其实我们应该记得《西游记》中唐僧为什么偏偏欢喜猪八戒。

谚云："树大自直。"意思是说孩子不需管教，小时恣肆些，大了自然会好。可是弯曲的小树，长大是否会直呢？我不敢说。

音　乐

一个朋友来信说："……我从来没有像现在这样烦恼过。住在我的隔壁的是一群在×××服务的女孩子，一回到家便大声歌唱，所唱的无非是些××歌曲，但是她们唱的腔调证明她们从来没有考虑过原制曲者所要产生的效果。我不能请她们闭嘴，也不能喊'通'！只得像在理发馆洗头时无可奈何地用棉花塞起耳朵来……"

我同情于这位朋友，但是他的烦恼不是他一个人有的。我常想，音乐这样东西，在所有的艺术里，是最富于侵略性的。别种艺术，如图画雕刻，都是固定的，你不高兴欣赏便可以不必寓目，各不相扰；唯独音乐，声音一响，随着空气波荡而来，照直侵入你的耳朵，而耳朵平常都是不设防的，只得毫无抵御的任它震荡刺激。自以为能书善画的人，诚然也有令人不舒服的时候；据说有人拿着素扇跪在一位书画家面前，并非敬求墨宝，而是求他高抬贵手，别糟蹋他的扇子。这究竟是例外情形。书画家并不强迫人家瞻仰他的作品，而所谓音乐也者，则对于凡是在音波所及的范围以内的人，一律强迫接受，也不管其效果是沁人肺腑，抑是令人作呕。

我的朋友对隔壁音乐表示不满，那情形还不算严重。我曾经领略过一次四人合唱，使我以后对于音乐会一类的集会轻易不敢问津。一阵彩声把四位歌者送上演台，钢琴声响动，四位歌者同时张口，我登时感觉有五种高低疾徐全然不同的调子乱擂我的耳鼓，四位歌者唱出四个调子，第五个声音是从钢琴里发出来的！五缕声音搅作一团，全不和谐。当时我就觉得心旌战动，飘飘然如失却重心，又觉得身临歧路，彷徨无主的样子。我回顾四座，大家都面面相觑，好像都各自准备逃生，一种分崩离析的空气弥漫于全室。像这样的音乐是极伤人的。

"音乐的耳朵"不是人人有的，这一点我承认，也许我就是缺乏这种耳朵。也许是我的环境不好，使我的这种耳朵，没有适当地发育。我记得在学校宿舍里住的时候，对面楼上住着一位音乐家，还是"国乐"，每当夕阳下山，他就临窗献技，引吭高歌，配着胡琴他唱："我好比……"在这时节我便按捺不住，颇想走到窗前去大声地告诉他，他好比是什么。我顶怕听胡琴，北平最好的名手××我也听过多少次数，无论他技巧怎样纯熟，总觉得唧唧的声音像是指甲在玻璃上抓。别种乐器，我都不讨厌，曾听古琴弹奏一段《梧桐雨》，琵琶乱弹一段《十面埋伏》，都觉得那确是音乐，唯独胡琴与我无缘。莎士比亚的《威尼斯商人》里曾说起有人一听见苏格兰人的风笛便要小便，那只是个人的怪癖。我对胡琴的反感亦只是一种怪癖吧？皮黄戏里的青衣花旦之类，在戏院广场里令人毛发倒竖，若是清唱则尤不可当，嘤然一叫，我本能地要抬起我的脚来，生怕是脚底下踩了谁的脖子！近听汉戏，黑头花脸亦唧唧锐叫，令人坐立不安；秦腔尤为激昂，常令听者随之手忙脚乱，不能自已。我可以听音乐，但若声音发自人类的喉咙，我便看不得粗了脖子红了脸的样子。我看着危险！我着急。

真正听京戏的内行人怀里揣着两包茶叶，踱到边厢一坐，听到妙处，摇头摆尾，随声击节，闭着眼睛体味声调的妙处，这心情我能了解，但是他付了多大的代价！他听了多少不愿听的声音才能换取这一点音乐的陶醉！到如今，听戏的少，看戏的多。唱戏的亦竟以肺壮气长取胜，而不复重韵味，唯简单节奏尚是多数人所能体会，铿锵的锣鼓，油滑的管弦，都是最简单不过的，所以缺乏艺术教养的人，如一般大腹贾，大人先生，大学教授，大家闺秀，大名士，大豪绅，都趋之若鹜，自以为是在欣赏音乐！

在中西文化的交流中，我们的音乐（戏剧除外）也在蜕变,从"毛毛雨"起以至于现在流行×××之类,都是中国小调与西洋某一级音乐的混合,时而中菜西吃,时而西菜中吃,将来成为怎样的定型,我不知道。我对音乐既不能做丝毫贡献,所以也很坦然地甘心放弃欣赏音乐的权利,除非为了某种机缘必须"共襄盛举"不得不到场备员。至于像我的朋友所抱怨的那种隔壁歌声,在我则认为是一种不可避免的自然现象,恰如我们住在屠宰场的附近便不能不听见猪叫一样,初听非常凄绝,久后亦就安之。夜深人静,荒凉的路上往往有人高唱:"一马离了西凉界……"我原谅他,他怕鬼,用歌声来壮胆,其行可恶,其情可悯。但是在天微明时练习吹喇叭,则是我所不解。"打——搭——大——滴——"一声比一声高,高到声嘶力竭,吹喇叭的人显然是很吃苦,可是把多少人的睡眠给毁了,为什么不在另一个时候练习呢?

在原则上,凡是人为的音乐,都应该宁缺毋滥。因为没有人为的音乐,顶多是落个寂寞。而按其实,人是不会寂寞的。小孩的哭声、笑声,小贩的吆喝声,邻人的打架声，市里的喧阓声，到处"吃饭了吗？""吃饭了吗？"的原是应酬而现在变成性命交关的回答声——实在寂寞极了，还有村里的鸡犬声！最令人难忘的还有所谓天籁。秋风起时，树叶飒飒的声音，一阵阵袭来，如潮涌，如急雨，如万马奔腾，如衔枚疾走；风定之后，细听还有枯干的树叶一声声地打在阶上。秋雨落时，初起如蚕食桑叶，窸窸窣窣，继而淅淅沥沥，打在蕉叶上清脆可听。风声雨声，再加上虫声鸟声，都是自然的音乐，都能使我发生好感，都能驱除我的寂寞，何贵乎听那"我好比……我好比"之类的歌声？然而此中情趣，不足为外人道也。

读　画

《随园诗话》："画家有读画之说，余谓画无可读者，读其诗也。"随园老人这句话是有见地的。读是读诵之意，必有文章词句然后方可读诵，画如何可读？所以读画云者，应该是读诵画中之诗。

诗与画是两个类型，在对象、工具、手法各方面均不相同。但是类型的混淆，古已有之，在西洋。所谓 Ut pictura poesis，"诗既如此，画亦同然"，早已成为艺术批评上的一句名言。我们中国也特别称道王摩诘的"画中有诗,诗中有画"。究竟诗与画是各有领域的。我们读一首诗,可以欣赏其中的景物描写,所谓"历历如绘"。但诗之极致究竟别有所在,其着重点在于人的概念与情感。所谓诗意、诗趣、诗境,虽然多少有些抽象,究竟是以语言文字来表达最为适宜。我们看一幅画,可以欣赏其中所蕴藏的诗的情趣,但是并非所有的画都有诗的情趣,而且画的主要的功用是在描绘一个意象。我们说读画,实在是在画里寻诗。

"蒙娜丽莎"的微笑,即是微笑,笑得美,笑得甜,笑得有味道,但是我们无法追问她为什么笑,她笑的是什么。尽管有许多人在猜这个微笑的谜,其实都是多此一举。有人以为她是因为发现自己怀孕了而微笑,那微笑代表女性的骄傲与满足。有人说:"怎见得她是因为发觉怀孕而微笑呢?也许她是因为发觉并未怀孕而微笑呢?"这样地读下去,是读不出所以然来的。会心的微笑,只能心领神会,非文章词句所能表达。像"蒙娜丽莎"这样的画,还有一些奥秘的意味可供揣测,此外像Watts的《希望》,画的是一个女人跨在地球上弹着一只断了弦的琴,也还有一点象征的意思可资领会，但是Sorolla的《二姊妹》，除了耀眼的阳光之外还有什么诗可读？再如Sully的《戴破帽子的孩子》，画的是一个孩子头上顶着一个破帽子，除了那天真无邪的脸上的光线掩映之外还有什么诗可读？至于Chase的一幅《静物》，可能只是两条死鱼翻着白肚子躺在盘上，更没有什么可说的了。

也许中国画里的诗意较多一点。画山水不是"春山烟雨"，就是"江皋烟树"，不是"云林行旅"，就是"春浦帆归"，只看画题，就会觉得诗意盎然。尤其是文人画家，一肚皮不合时宜，在山水画中寄托了隐逸超俗的思想，所以山水画的境界成了中国画家人格之最完美的反映。即使是小幅的花卉，像李复堂、徐青藤的作品，也有一股豪迈潇洒之气跃然纸上。

画中已经有诗，有些画家还怕诗意不够明显，在画面上更题上或多或少的诗词字句。自宋以后，这已成了大家所习惯接受的形式，有时候画上无字反倒觉得缺点什么。中国字本身有其艺术价值，若是题写得当，也不难看。西洋画无此便利,"拾穗人"上面若是用鹅翎管写上一首诗,那就不堪设想。在画上题诗,至少说明了一点,画里面的诗意有用文字表达的必要。一幅酣畅的泼墨画,画着有两棵大白菜,墨色浓淡之间充分表示了画家笔下控制水墨的技巧,但是画面的一角题了一行大字:"不可无此味,不可有此色",这张画的意味不同了,由纯粹的画变成了一幅具有道德价值的概念的插图。金冬心的一幅墨梅,篆籀纵横,密圈铁线,清癯高傲之气扑人眉宇,但是半幅之地题了这样的词句:"晴窗呵冻,写寒梅数枝,胜似与猫儿狗儿盘桓也……",顿使我们的注意力由斜枝细蕊转移到那个清高的画士。画的本身应该能够表现画家所要表现的东西,不需另假文字为之说明,题画的办法有时使画不复成为纯粹的画。

我想画的最高境界不是可以读得懂的,一说到读便牵涉到文章词句,便要透过思想的程序,而画的美妙处在于透过视觉而直诉诸人的心灵,画给人的一种心灵上的享受,不可言说,说便不着。

谦　让

谦让仿佛是一种美德,若想在眼前的实际生活里寻一个具体的例证,却不容易。类似谦让的事情近来似很难得发生一次。就我个人的经验说,在一般宴会里,客人入席之际,我们最容易看见类似谦让的事情。

一群客人挤在客厅里,谁也不肯先坐,谁也不肯坐首座,好像"常常登上座,渐渐入祠堂"的道理是人人所不能忘的。于是你推我让,人声鼎沸。辈分小的,官职低的,垂着手远远地立在屋角,听候调遣。自以为有占首座或次座资格的人,无不攘臂而前,拉拉扯扯,不肯放过他们表现谦让的美德的机会。有的说:"我们叙齿,你年长!"有的说:"我常来,你是稀客!"有的说:"今天非你上座不可!"事实固然是为让座,但是当时的声浪和唾沫星子却都表示像在争座。主人觍着一张笑脸,偶然插一两句嘴,作鹭鸶笑。这场纷扰,要直到大家的兴致均已低落,该说的话差不多都已说完,然后急转直下,突然平息,本就该坐上座的人便去就了上座,并无苦恼之相,而往往是显着踌躇满志顾盼自雄的样子。

我每次遇到这样谦让的场合,便首先想起《聊斋》上的一个故事:一伙人在热烈地让座,有一位扯着另一位的袖子,硬往上拉,被拉的人硬往后躲,双方势均力敌,突然间拉着袖子的手一松,被拉的那只胳臂猛然向后一缩,胳臂肘尖正撞在后面站着的一位驼背朋友的两只特别凸出的大门牙上,喀吱一声,双牙落地!我每忆起这个乐极生悲的故事,为明哲保身起见,在让座时我总躲得远远的。等风波过后,剩下的位置是我的,首座也可以,坐上去并不头晕,末座亦无妨,我也并不因此少吃一嘴。我不谦让。

考让座之风之所以如此地盛行,其故有二。第一,让来让去,每人总有一个位置,所以一面谦让,一面稳有把握。假如主人宣布,位置只有十二个,客人却有十四位,那便没有让座之事了。第二,所让者是个虚荣,本来无关宏旨,凡是半径都是一般长,所以坐在任何位置(假如是圆桌)都可以享受同样的利益。假如明文规定,凡坐过首席若干次者,在铨叙上特别有利,我想让座的事情也就少了。我从不曾看见,在长途公共汽车车站售票的地方,如果没有木制的长栅栏,而还能够保留一点谦让之风!因此我发现了一般人处世的一条道理,那便是:可以无须让的时候,则无妨谦让一番,于人无利,于己无损;在该让的时候,则不谦让,以免损己;在应该不让的时候,则必定谦让,于己有利,于人无损。

小时候读到孔融让梨的故事,觉得实在难能可贵,自愧弗如。一只梨的大小,虽然是微屑不足道,但对于一个四五岁的孩子，其重要或者并不下于一个公务员之心理盘算简、荐、委。有人猜想，孔融那几天也许肚皮不好，怕吃生冷，乐得谦让一番。我不敢这样妄加揣测。不过我们要承认，利之所在，可以使人忘形，谦让不是一件容易的事。孔融让梨的故事，发扬光大起来，确有教育价值，可惜并未发生多少实际的效果：今之孔融，并不多见。

谦让作为一种仪式，并不是坏事，像天主教会选任主教时所举行的仪式就满有趣。就职的主教照例地当众谦逊三回，口说"Nolo cpiscopari"意即"我不要当主教"，然后照例地敦促三回终于勉为其难了。我觉得这样的仪式比宣誓就职之后再打通电声明固辞不获要好得多。谦让的仪式行久了之后，也许对于人心有潜移默化之功，使人在争权夺利奋不顾身之际，不知不觉地也举行起谦让的仪式。可惜我们人类的文明史尚短，潜移默化尚未能奏大效，露出原始人的狰狞面目的时候要比雍雍穆穆地举行谦让仪式的时候多些。我每次从公共汽车售票处杀进杀出，心里就想先王以礼治天下，实在有理。

礼　貌

前些年有一位朋友在宴会后引我到他家中小坐。推门而入，看见他的一位少爷正躺在沙发椅上看杂志。他的姿势不大寻常，头朝下，两腿高举在沙发靠背上面，倒竖蜻蜓。他不怕这种姿势可能使他吃饱了饭呕出来。这是他的自由。我的朋友喊他一声："约翰！"他好像没听见，也许是太专心看杂志了。我的朋友又说："约翰！起来喊伯伯！"他听见了，但是没有什么反应，继续看他的杂志，只是翻了一下白眼，我的朋友有一点窘，就好像耍猴子的敲一声锣教猴子翻筋斗而猴子不肯动,当下喃喃地自言自语:"这孩子,没礼貌!"我心里想:他没有跳起来一拳把我打出门外,已经是相当的有礼貌了。

礼貌之为物,随时随地而异。我小时在北平,常在街上看见戴眼镜的人(那时候的眼镜都是两个大大的滴溜圆的镜片,配上银质的框子和腿)。他一遇到迎面而来的熟人,老远地就刷地一下把眼镜取下,握在手里,然后向前紧走两步,两人同时口中念念有词互相蹲一条腿请安。我至今不明白为什么二人相见要先摘下眼镜。戴着眼镜有什么失敬之处?如今戴眼镜的人太多了,有些人从小就成了四眼田鸡,摘不胜摘,也就没人见人摘眼镜了。可见礼貌随时而异。

人在屋里不可以峨大冠,中外皆然,但是在西方则女人有特权,屋里可以不摘帽子。尤其是从前的西方妇女,她们的帽子特大,常常像是头上顶着一个大鸟窝,或是一个大铁锅,或是一个大花篮,奇形怪状,不可方物。这种帽子也许戴上摘下都很费事,而且摘下来也难觅放置之处,所以妇女可以在室内不摘帽子。多半个世纪之前,有一次在美国，我偕友进入电影院，落座之后，发现我们前排座位上有两位戴大花冠的妇人，正好遮住我们的视线。我想从两顶帽子之间的空隙看银幕亦不可得，因为那两顶帽子不时地左右移动。我忍耐不住，用我们的国语低声对我的友伴说："这两个老太婆太可恶了，大帽子使得我无法看电影。"话犹未了，一位老太婆转过头来，用相当纯正的中国话对我说："你们二位是刚从中国来的吗？"言罢把帽除去。我窘不可言。她戴帽子不失礼，我用中国话背后斥责她，倒是我没有礼貌了。可见礼貌也是随地而异。

西方人的家是他的堡垒，不容闲杂人等随便闯入，朋友访问以时，而且照例事前通知。我们在这一方面的礼貌好像要差一些。我们的中上阶级人家，两家可以共用一垛墙，跨出门不需要几步就到了邻舍，就容易有所谓串门子闲聊天的习惯。任何人吃饱饭后没事做，都可以踱到别人家里闲磕牙，也不管别人是否有工夫陪你瞎嚼蛆。有时候去得真不是时候，令人窘，例如在人家睡的时候，或吃饭的时候，或工作的时候，实在诸多不便，然而一般人认为这不算是失礼。一聊没个完,主人打哈欠,看手表,客人无动于衷,宾至如归。这种串门子的陋习,如今少了,但未绝迹。

探病是礼貌,也是艺术。空手去也可以,带点东西来也无妨。要看彼此的关系和身份加以斟酌。有的人病房里花篮堆积如山,像是店铺开张,也有病人收到的食物冰箱里装不下。探病不一定要面带戚容,因为探病不同于吊丧,但是也不宜高谈阔论有说有笑,因为病房里究竟还是有一个病人。别停留过久,因为有病的人受不了,没病的人也受不了。除非是特别亲近的人,我想寄一张探病的专用卡片不失为彼此两便之策。

吊丧是最不愉快的事,能免则免。与死者确有深交,则不免拊棺一恸。人琴俱亡,不执孝子手而退,抚尸陨涕,滚地作驴鸣而为宾客笑都不算失礼。吊死者曰吊,吊生者曰唁。对生者如何致唁语,实在难于措辞。我曾见一孝子陪灵,并不匍伏地上,而是跷起二郎腿坐在椅子上,嘴里叼着纸烟,悠然自得。这是他的自由,然而不能使吊者大悦。西俗,吊客照例绕棺瞻仰遗容。我不知道遗容有什么好瞻仰的,倒是我们的习惯把死者的照片放大,高悬灵桌之上,供人吊祭,比较合理。或多或少患有"恐尸症"的人,看了面如黄蜡白蜡的一张面孔,会心里难过好几天,何苦来哉?在殡仪馆的院子里,通常麇集着很多的吊客,不像是吊客,像是一群人在赶集,热闹得很。

关于婚礼,我已谈过不止一次,不再赘。

饮宴之礼,无论中西都有一套繁文缛节。我们现行的礼节之最令人厌烦的莫过于敬酒。主人敬酒是题中应有之义,三巡也就够了。客人回敬主人,也不可少。唯独客人与客人之间经常不断地举杯,此起彼落,也不管彼此是否相识,也一一地皮笑肉不笑地敬酒,有些人根本不喝酒,举起茶杯汽水杯充数。有时候正在低头吃东西,对面有人向你敬酒,你若没有察觉,对方难堪,你若随时敷衍,不胜其扰。这种敬酒的习惯,不中不西,没有意义,应该简化。还有一项陋习就是劝酒,说好说歹,硬要对方干杯,创出"先干为敬"的谬说,要挟威吓,最后是捏着鼻子灌酒,甚至演出全武行,礼貌云乎哉?

职　业

职业，原指有官职的人所掌管的业务，引申为一切正当合法的谋生糊口的行当。一百二十行，乃至三百六十行，都可视为职业。纡青拖紫，服冕乘轩，固然是乐不可量的职业，引车卖浆，贩夫走卒之辈，也各有其职业。都是啖饭，唯其饭之精粗美恶不同耳。

宋沈括《梦溪笔谈》："林君复多所乐，惟不能着棋，尝言：'吾于世间事，惟不能担粪着棋耳！'"着棋与担粪并举，盖极形容二者皆为鄙事，表示不屑之意。在

第三章 / 在世间沉默独行

如今看来，担粪是农家子不可免的劳动，阵阵的木樨香固然有得消受，但是比起某一些蝇营狗苟的宦场中人之蛇行匍伏，看上司的嘴脸，其龌龊难当之状为何如？至于弈棋，虽曰小道，亦有可观，比饱食终日言不及义要好一些，且早已成为文人雅士的消遣，或称坐稳，或谓手谈。今则有职业棋士，犹拳击之有职业拳手。着棋也是职业。

我的职业是教书，说得文雅一点是坐拥皋比，说得难听一些是吃粉笔末。其实哪有皋比可坐，课室里坐的是冷板凳。前几年我的一位学生自澳洲来，贻我袋鼠皮一张，旋又有绵羊皮一张，在寒冷时铺在我房里的一把小小的破转椅上，这才隐隐然似有坐拥皋比之感。粉笔末我吃得不多，只因我懒，不大写黑板。教书好歹是个职业，至于在别人眼里这是什么样的一种职业，我也管不了许多。通常一般人说教书是清高的职业，我听了就觉得惭愧。"清"应该作"清寒"解，有一阵子所谓清寒教授在逢年过节的时候可以轮流领到小小一笔钱，是奖励还是慰问，我记不得了，我也叨领过一两次，具领之际觉得有一丝寒意，清寒的寒。至于

"高",更不知从何说起了,除非是指那座高高的讲台。

有些心直口快的人对于教书的职业作较彻底的评估。记得我在抗战胜利后返回家乡,遇到一位拐弯抹角的亲戚,初次谋面不免寒暄几句,他问我"在什么地方得意",我据实以告,在某某学校教书,他登时脸色一变,随口吐出一句真言:"啊,吃不饱,饿不死。"这似是实情,但也是夸张。以我所知,一般教授固然不能像东方朔所说"侏儒饱欲死",也不见得都像杜工部所形容的"甲第纷纷厌粱肉,广文先生饭不足",饭还是吃饱了的,没听说有谁饿死,顶多是脸上略有菜色而已。然而我听了这样率直的形容,好像是在人面前顿时矮了一截。在这"吃不饱,饿不死"状态之下,居然延年益寿,拖了几十年,直到"强迫退休"之后又若干年的今天。说不定这正是拜食无求饱之赐。

有一回应邀参加一次宴会,举座几乎尽是权门显要,已经有"衣敝缊袍,与衣狐貉者立"的感觉,万没想到其中有一位却是学优而仕平步青云的旧相识,他好像是忘了他和我一样在同一学校曾经执教,几杯黄汤下肚之后,他再也按捺不住，歪头苦笑睇我而言曰："你不过是一个教书匠，胡为厕身我辈间？"此言一出，一座尽惊。主人过意不去，对我微语："此公酒后，出言无状。"其实酒后吐真言，"教书匠"一语夙所习闻，只是尊俎间很少以此直呼。按教书而能成匠，亦非易事。必须对其所学了如指掌，然后才能运用匠心教人以规矩，否则直是戾家，焉能问世？我不认为教书匠是轻蔑语。

如今在学校教书，和从前不同，像马融"坐高堂，施绛纱帐，前授生徒，后列女乐"那样的排场，固然不敢想象，就是晚近三家村的塾师动不动拿起烟袋锅子敲脑壳的威风亦不复见。我小时候给老师送束脩，用大红封套，双手奉上，还要深深一揖。如今老师领薪，要自己到出纳室去，像工厂发工资一样。教师是佣工的性质。听说有些教师批改作文卷子不胜其烦，把批改的工作发包出去，大包发小包，居然有行有市。

尊师重道是一个理想，大概每年都有人口头上说一次。大学教授之"资深优良"者有奖，照章需要自行填表申请。我自审不合格,故不欲填表,但是有一年学校主事者认为此事与学校颜面有关,未征同意就代为申请了,列为是三十年资深优良教师之一。经层峰核可,颁发奖金匾额。我心里悬想,匾额之颁发或有相当仪式,也许像病家给医师挂匾,一路上吹吹打打,甚至放几声鞭炮,门口围上一些看热闹的人。我想错了,一切从简。门铃响处,一位工友满头大汗,手提一个相当大的镜框(比理发店墙上挂的大得多),问明主人姓氏,像是已经验明正身,把手中的镜框丢在地上,扬长而去。镜框里是四个大字(记不得是什么字了),有上款下款,朱印灿然。我叹息一声,把它放在我认为应该放置的地方。

教书这种职业有其可恋的地方。上课的时间少,空余的闲暇多,应付人事的麻烦少,读书进修的机会多。俗语说:"讨饭三年,给知县都不做。"实在是懒散惯了,受不得拘束。教书也是如此,所以我滥竽上庠,一蹭就是几十年,直到有一天听说法令公布,六十五岁强迫退休。退休是好事,求之不得,何必强迫?我立刻办理手续,当时

第三章 / 在世间沉默独行

真有朋友涕泣以告:"此事万万使不得,赶快申请延期,因为一旦退休,生活顿失常态,无法消遣,不知所措。可能闷出病来,加速你的老化。"我没听。今已退休二十年,仍觉时间不够用,一天只有二十四小时。

退休给我带来一点小小的困扰。有一年要换新的身份证。我在申请表格职业栏里除原有的"某校教授"字样下面加添一个括弧,内书"退休"二字。办事的老爷大概是认为不妥。新身份证发下,职业一栏干脆是一个"无"字。又过几年,再换身份证,办事的老爷也许也发觉不妥,在"无"字下又添了一个括弧,内书"退休"。其实职业一栏填个"无"字并不算错。本来以教书为业,既已退休,而且是当真退休,不是从甲校退休改在乙校授课,当然也就等于是无业,也可说是长期失业。只是"无业"二字,易与"游民"二字连在一起,似觉脸上无光。可是回心一想,也就释然。《大戴礼记·曾子立事》第四十九:"其少不讽诵,其壮不论议,其老不教诲,亦可谓无业之人矣。"我是地地道道的一个"无业之人"。

双城记

这"双城记"与狄更斯的小说《二城故事》无关。

我所谓的双城是指我们的台北与美国的西雅图。对这两个城市,我都有一点粗略的认识。在台北我住了三十多年,搬过六次家,从德惠街搬到辛亥路,吃过拜拜,挤过花朝,游过孔庙,逛过万华,究竟所知有限。高阶层的灯红酒绿,低阶层的褐衣蔬食,接触不多,平素交游活动的范围也很狭小,疏慵成性,画地为牢,中华路以西即甚少涉足。西雅图(简称西市)是美国西北部一大港口,若干年来我曾访问过不下十次,居留期间长则三两年,短则一两月,闭门家中坐的时候多,因为虽有胜情而无济胜之具,即或驾言出游,也不过是浮光掠影。所以我说我对这两个城市,只有一点粗略的认识。

我向不欲侈谈中西文化,更不敢妄加比较。只因所知不够宽广,不够深入。中国文化历史悠久,不是片言可以概括;西方文化也够博大精深,非一时一地的一鳞半爪所能代表。我现在所要谈的只是就两个城市,凭个人耳目所及,一些浅显的感受或观察。"贤者识其大,不贤者识其小",如是而已。

两个地方的气候不同。台北地处亚热带,又是一个盆地,环市皆山。我从楼头俯瞰,常见白茫茫的一片,好像有"气蒸云梦泽"的气势。到了黄梅天,衣服被褥总是湿漉漉的。夏季午后常有阵雨,来得骤,去得急,雷电交掣之后,雨过天晴。台风过境,则排山倒海,像是要耸散穹隆,应是台湾一景,台北也偶叨临幸。西市在美国西北隅海港内,其纬度相当于我国东北之哈尔滨与齐齐哈尔,赖有海洋暖流调剂,冬天虽亦雨雪霏霏而不至于酷寒,夏季则早晚特凉,夜眠需拥重毯。也有连绵的霪雨,但晴时天朗气清,长空万里。我曾见长虹横亘,作一百八十度,罩盖半边天。凌晨四时,暾出东方,日薄崦嵫要在晚间九时以后。

我从台北来,着夏季衣裳,西市机场内有暖气,尚不觉有异,一出机场大门立刻觉得寒气逼人,家人乃急以厚重大衣加身。我深吸一口大气,沁人肺腑,有似冰心在玉壶。我回到台北去,一出有冷气的机场,熏风扑面,遍体生津,俨如落进一镬热粥糜。不过人各有所好,不可一概而论。我认识一位生长台北而长居西市的朋友,据告非常想念台北,想念台北的一切,尤其是想念台北夏之湿黏燠热的天气!

西市的天气干爽,凭窗远眺,但见山是山,水是水,红的是花,绿的是叶,轮廓分明,纤微毕现,而且色泽鲜艳。我们台北路边也有树,重阳木、霸王椰、红棉树、白千层……都很壮观,不过树叶上,蒙了一层灰尘,只有到了阳明山才能看见像打了蜡似的绿叶。

西市家家有烟囱,但是个个烟囱不冒烟。壁炉里烧着火光熊熊的大木橛,多半是假的,是电动的机关。晴时可以望见积雪皑皑的瑞尼尔山,好像是浮在半天中;北望喀斯开山脉若隐若现。台北则异于是。很少人家有烟囱,很多人家在房顶上、在院子里、在道路边烧纸、烧垃圾,东一把火西一股烟,大有"夜举烽、昼燔燧"之致。凭窗亦可看山,我天天看得见的是近在咫尺的蟾蜍山。近山绿,远山青。观音山则永远是淡淡的一抹花青,大屯山则更常是云深不知处了。不过我们也不可忘记,圣海伦斯火山爆发,如果风向稍偏一点,西市也会变得灰头土脸。

对于一个爱花木的人来说,两城各有千秋。西市有著名的州花山杜鹃,繁花如簇,光艳照人,几乎没有一家庭园间不有几棵点缀。此外如茶花、玫瑰、辛夷、球茎海棠,也都茁壮可喜。此地花厂很多,规模大而品类繁。最难得的是台湾气候养不好的牡丹,此地偶可一见。友人马逢华伉俪精心培植了几株牡丹,黄色者尤为高雅,我今年来此稍迟,枝头仅余一朵,蒙剪下见贻,案头瓶供,五日而谢。严格讲,台北气候、土壤似不特宜莳花,但各地名花荟萃于是。如台北选举市花,窃谓杜鹃宜推魁首。这杜鹃不同于西市的山杜鹃,体态轻盈小巧,而又耐热耐干。台北艺兰之风甚盛,洋兰、蝴蝶兰、石斛兰都穷极娇艳,到处有之,唯花美叶美而又有淡淡幽香者为素心兰,此所以被人称为"君子之香"而又可以入画。水仙也是台北一绝,每适新年,岁朝清供之中,凌波仙子为必不可少之一员。以视西市之所谓水仙,路旁泽畔一大片一大片的临风招展,其情趣又大不相同。

夜不闭户,路不拾遗,乃想象中的大同世界,古今中外从来没有过一个地方真正实现过。人性本有善良一面、丑恶一面,故人群中欲其"不稂不莠",实不可能。大体上能保持法律与秩序,大多数人民能安居乐业,就算是治安良好,其形态、其程度在各地容有不同而已。

台北之治安良好是举世闻名的。我于三十几年之中,只轮到一次独行盗公然登堂入室,抢夺了一只手表和一把

第三章 / 在世间沉默独行

钞票，而且他于十二小时内落网，于十二日内伏诛。而且，在我奉传指证人犯的时候，他还对我说了一声"对不起"。至于剪绺扒窃之徒，则何处无之？我于三十几年中只失落了三支自来水笔，一次是在动物园看蛇吃鸡，一次是在公共汽车里，一次是在成都路行人道上。都怪自己不小心。此外家里蒙贼光顾若干次，一共只损失了两具大同电锅，也许是因为寒舍实在别无长物。"大搬家"的事常有所闻，大概是其中琳琅满目值得一搬。台北民房窗上多装铁栅，其状不雅，火警时难以逃生，久为中外人士所诟病。西市的屋窗皆不装铁栏，而且没有围墙，顶多设短栏栅防狗。可是我在西市下榻之处，数年内即有三次昏夜中承蒙嬉皮之类的青年以啤酒瓶砸烂玻璃窗，报警后，警车于数分钟内到达，开一报案号码由事主收执，此后也就没有下文。衙门机关的大扇门窗照砸，私人家里的窗户算得什么！银行门口大型盆树也有人夤夜搬走。不过说来这都是癣疥之疾。明火抢银行才是大案子，西市也发生过几起，报纸上轻描淡写，大家也司空见惯，这是台北所没有的事。

台北市虎，目中无人，尤其是拼命三郎所骑的嘟嘟响冒青烟的机车，横冲直撞，见缝就钻，红砖道上也常如虎出柙。谁以为斑马线安全，谁可能吃眼前亏。有人说这里的交通秩序之乱甲于全球，我没有周游过世界，不敢妄言。西市的情形则确是两样，不晓得一般驾车的人为什么那样的服从成性，见了"停"字就停，也不管前面有无行人车辆。时常行人过街，驾车的人停车向你点头挥手，只是没听见他说"您请！您请！"我也见过两车相撞，奇怪的是两方并未骂街，从容的交换姓名、住址及保险公司的行号，分别离去，不伤和气。也没有聚集一大堆人看热闹。可是谁也不能不承认，台北的计程车满街跑，呼之即来，方便之极。虽然这也要靠运气，可能司机先生蓬首垢面、跣足拖鞋，也可能嫌你路程太短而怨气冲天，也可能他的车座年久失修而坑洼不平，也可能他烟瘾大发而火星烟屑飞落到你的胸襟，也可能他看你可欺而把车开到荒郊野外掏出一把起子而对你强……，不过这是难得一遇的事。在台北坐计程车还算是安全的，比行人穿越马路要安全得多。西市计程车少，是因为私有汽车太多，物以稀为贵，所以清早要雇车到飞机场，需要前一晚就要洽约，而且车费也很高昂，不过不像我们桃园机场的车那样的乱。

吃在台北，一说起来就会令许多老饕流涎三尺。大小餐馆林立，各种口味都有。有人说中国的烹饪艺术只有在台湾能保持于不坠。这个说起来话长。目前在台北的厨师，各省籍的都有，而所谓北方的、宁浙的、广东的、四川的等等餐馆掌勺的人，一大部分未必是师承有自的行家，很可能是略窥门径的二把刀。点一个辣子鸡、醋溜鱼、红烧鲍鱼、回锅肉……立即就可以品出其中含有多少家乡风味。也许是限于调货，手艺不便施展。例如烤鸭，就没有一家能够水准，因为根本没有那种适宜于烤的鸭。大家思乡嘴馋，依稀仿佛之中觉得聊胜于无而已。整桌的酒席，内容丰盛近于奢靡，可置不论。平民食物，事关大众，才是我们所最关心的。台北的小吃店大排档常有物美价廉的各地食物。一般而论，人民食物在质量上尚很充分，唯在营养、卫生方面则尚有待改进。一般的厨房炊具、用具、洗涤储藏，都不够清洁。有人进餐厅，先察看其厕所及厨房，如不满意，回头就走，至少下次不再问津。我每天吃油条烧饼，有人警告我："当心烧饼里有老鼠屎！"我翌日细察，果然不诬，吓得我好久好久不敢尝试，其实看看那桶既浑且黑的洗碗水，也就足以令人趑趄不前了。

美国的食物，全国各地无大差异。常听人讥评美国人，文化浅，不会吃，有人初到美国留学，穷得日以罐头充饥，遂以为美国人的食物与狗食无大差异。事实上，有些嬉皮还真是常吃狗食罐头，以表示其箪食瓢饮的风度。美国人不善烹调，也是事实，不过以他们的聪明才智，如肯下功夫于调和鼎鼐，恐亦未必逊于其他国家。他们的生活紧张，凡事讲究快速和效率，普通工作的人，午餐时间由半小时至一小时，我没听说过身心健全的人还有所谓午睡。他们的吃食简单，他们也有类似便当的食盒，但是我没听说过蒸热便当再吃。他们的平民食物是汉堡三文治、热狗、炸鸡、炸鱼、皮萨等等，价廉而快速简便，随身有五指钢叉，吃过抹抹嘴就行了。说起汉堡三文治，我们台北也有，但是偷工减料，相形见绌。麦唐奴的大型汉堡（"Big Mac"），里面油多肉多菜多，厚厚实实，拿在手里滚热，吃在口里喷香。我吃过两次赫尔飞的咸肉汉堡三文治，体形更大，双层肉饼，再加上几条部分透明的咸肉、番茄、洋葱、沙拉酱，需要把嘴张大到最大限度方能一口咬下去。西市滨海，蛤王、蟹王、各种鱼、虾，以及江瑶柱等等，无不鲜美。台北有蚵仔煎，西市有蚵羹，差可媲美。堪塔基炸鸡，面糊有秘方，台北仿制像是东施效颦一无是处。西市餐馆不分大小，经常接受清洁检查，经常有公开处罚勒令改进之事，值得令人喝彩，卫生行政人员显然不是尸位素餐之辈。

台北的牛排馆不少，但是求其不像是皮鞋底而能咀嚼下咽者并不多觏。西市的牛排大致软韧合度而含汁浆。居民几乎家家后院有烤肉的设备，时常一家烤肉三家香，不必一定要到海滨、山上去燔炙，这种风味不是家居台北者所能领略。

西雅图地广人稀,历史短而规模大,住宅区和商业区有相当距离。五十多万人口,就有好几十处公园。市政府与华盛顿大学共有的植物园就在市中心区,真所谓闹中取静,尤为难得可贵。海滨的几处公园,有沙滩,可以掘蛤,可以捞海带,可以观赏海鸥飞翔,渔舟点点。义勇兵公园里有艺术馆(门前立着的石兽翁仲是从中国搬去的),有温室(内有台湾的兰花)。到处都有原始森林保存剩下的参天古木。西市是美国北部荒野边陲开辟出来的一个现代都市。我们的台北是一个古老的城市,突然繁荣发展,以致到处有张皇失措的现象。房地价格在西市以上。楼上住宅,楼下可能是乌烟瘴气的汽车修理厂,或是铁工厂,或是洗衣店。横七竖八的市招令人眼花缭乱。

大街道上摊贩云集,是台北的一景,其实这也是古老传统"市集"的遗风。古时日中为市,我们是入夜摆摊。警察来则哄然而逃,警察去则蜂然复聚。买卖双方怡然称便。有几条街的摊贩已成定型,各有专营的行当,好像没有人取缔。最近,一些学生也参加了行列,声势益发浩大。西市没有摊贩之说,人穷急了抢银行,谁肯搏此蝇头之利?不过海滨也有一个少数民族麇集的摊贩市场,卖鱼鲜、菜蔬、杂货之类,还不时地有些大胡子青年弹吉他唱曲,在那里助兴讨钱。有一回我在那里的街头徘徊,突闻一缕异香袭人,发现街角有摊车小贩,卖糖炒栗子,要二角五分一颗,他是意大利人。这和我们台北沿街贩卖烤白薯的情形颇为近似。也曾看见过推车子卖油炸圈饼的。夏季,住宅区内,偶有三轮汽车叮哨铃响地缓缓而行,逗孩子们从家门飞奔出来买冰淇淋。除此以外,住宅区一片寂静,巷内少人行,门前车马稀,没听过汽车喇叭响,哪有我们台北热闹?

西市盛产木材,一般房屋都是木造的,木料很坚实,围墙栅栏也是木造的居多。一般住家都是平房,高楼公寓并不多见。这和我们的四层公寓七层大厦的景况不同。因此,家家都有前庭后院,家家都割草莳花,而很难得一见有人在阳光下晒晾衣服。讲到衣服,美国人很不讲究,大概只有银行职员、政府官吏、公司店伙才整套西装打领结。如果遇到一个中国人服装整齐，大概可以料想他是刚从台湾来。从前大学校园里，教授的特殊标志是打领结，现亦不复然，也常是随随便便的一副褴褛相。所谓"汽车房旧物发卖"或"慈善性义卖"之类，有时候五角钱可以买到一件外套，一元钱可以买到一身西装，还相当不错。

西市的垃圾处理是由一家民营公司承办。每星期固定一日有汽车挨户收取，这汽车是密闭的，没有我们台北垃圾车之"少女的祈祷"的乐声，司机一声不响跳下车来把各家门前的垃圾桶扛在肩上往车里一丢，里面的机关发动就把垃圾辗碎了。在台北，一辆垃圾车配有好几位工人，大家一面忙着搬运一面忙着做垃圾分类的工作，塑胶袋放在一堆，玻璃瓶又是一堆，厚纸箱又是一堆。最无用的垃圾运到较偏僻的地方摊堆开来，还有人做第二梯次的爬梳工作。

西市的人喜欢户外生活，我们台北的人好像是偏爱室内的游戏。西市湖滨游艇蚁聚，好多汽车顶上驮着机船满街跑。到处有人清晨慢跑,风雨无阻。滑雪、爬山、露营,青年人趋之若鹜。山难之事似乎不大听说。

不知是谁造了"月亮外国的圆"这样一句俏皮的反语,挖苦盲目崇洋的人。偏偏又有人喜欢搬出杜工部的一句诗"月是故乡圆",这就有点画蛇添足了。何况杜诗原意也不是说故乡的月亮比异地的圆,只是说遥想故乡此刻也是月圆之时而已。我所描写的双地,瑕瑜互见,也许,揭了自己的疮疤,长了他人的志气,也许,没有违反见贤思齐闻过则喜的道理,唯读者谅之。

升官图

赵瓯北《陔余丛考》有这样一段:

世俗局戏,有升官图,开列大小官位于纸上,以明琼掷之,计点数之多寡,以定升降。按房千里有《骰子选格序》云:"以穴骰双双为戏,更投局上,以数多少为进身职官之差数,丰贵而约贱,卒局,有为尉掾而止者,有贵为相臣将臣者,有连得美名而后不振者,有始甚微而倏然于上位者。大凡得失不系贤不肖,但卜其偶不偶耳。"此即升官图之所由本也。

这使我忆起儿时游戏的升官图,不过方法略有不同:门口打糖锣儿的就卖升官图,一张粗糙亮光的白纸,上面印满了由白丁、秀才、举人、进士,以至太师、太傅、太保的各种官阶。玩的时候,三五人均可,围着升官图,不用"明琼"(骰子之别称),用一个木质的方形而尖端的"拈拈转儿",这拈拈转儿上面有四字"德、才、功、赃",一个字写在一面上,用手指用力一捻,就像陀螺似的旋转起来,倒下去之后看哪一个字在上面,德、才、功都有升迁,赃则贬抑。有时候学优则仕,青云直上,春风得意,加官晋爵。有时候宦情惨淡,官程蹭蹬,可能"事官千日,失在一朝",爬得高跌得重,虽贵为台辅,位至封疆,禁不住几个赃字,一连几个倒栽葱,官爵尽削,还为庶人。一个铜板就可以买一张升官图,可以玩个好半天。

民国建始,万象更新,不知哪一位现代主义者动脑筋到升官图上,给它换了新装,秀才、举人、进士换了小学生、中学生、大学生,尚书换了部长,巡抚换了督军,而最高当局为总统、副总统、国务总理。官名虽然改变,升官的道理与升官的途径则一仍旧贯,所以我们玩起来并不觉得有什么异样,而且反觉得有更多的真实之感,纵然是游戏,亦未与现实脱节。

我曾想,儿童玩具有两样东西要不得,一个是各型各式的扑满,一个是升官图。扑满教人储蓄,储蓄是良好习惯,不过这习惯是不是应该在孩提时代就开始,似不无疑问。"饥荒心理"以后有的是培养的机会。长大成人之后,把一串串钱挂在肋骨上的比比皆是。升官图好像是鼓励人"立志做大官",也似乎不是很妥当的事。可是我现在不这样想了,尤其是升官图,是颇合现实的一种游戏,在无可奈何的环境中不失为利多弊少的玩意儿。

有人说"宦味同鸡肋",这语未免矫情。凡是食之无味的东西,弃之均不可惜。被人誉为"三绝诗书画,一官归去来"的那位先生就弃官如敝屣,只因做官要看三件难

第三章 / 在世间沉默独行

看的东西:犯人的屁股,女尸的私处,上司的面孔。俗语说:"一代为官,三辈子擂砖。"这话也未免过于偏激。自古以来,官清毡冷的事也是常有的。例如周紫芝《竹坡诗话》有一段记载:"李京兆诸父中有一人,极廉介,一日有家问,即令灭官烛,取私烛阅书,阅毕,命秉官烛如初。"像这样的兢兢自守的人,他的子孙会跪在当街用砖头擂胸口吗?所以,官,无论如何,是可以成为一种清白的高尚职业,要在人好自为之耳,升官图可能鼓舞人们的做官的兴趣,有何不可?

升官图也可以说是有益世道人心,因为它指出了官场升黜的常轨。要升官,没有旁门左道,必须经由德行、才能、事功三方面的优良表现,而且一贪赃必定移付惩戒,赏罚分明,毫无宽假,这就叫作官常。升官图只是谨守官常,此外并无其他苞苴之类的捷径可寻。假如官场像升官图一样简单,那就真是太平盛世了。升官之阶,首重在德,而才功次之,尤有深意。《宋史》记寇准与丁谓的一段故事:"初,丁谓出准门,至参政,事准甚谨,尝会食中书,羹污准须,谓起徐拂之。准笑曰:'参政国之大臣,乃为官长拂须耶?'谓甚愧之。"为官长拂须,与贪赃不同,并不犯法,但是究竟有伤品德。恐怕官场现形有甚于为官长拂须者。在升官图上贵为太师之后再捻到"德"字,便是"荣归",即荣誉退休之意,这也是很好的下场,否则这一场游戏没完没散,人生七十才开始,岂不把人急煞!

不知道现在有没有新的更合时代潮流的升官图?

写信难

我因为懒得写信,常被朋友们骂。自己也知道是一个毛病,可是改不了。有些人根本不当回事,倒也罢了,我却是一方面提不起笔,一方面却又老惦记着一件大事没做。单单写信,我这一生仿佛就没有如释重负的时候了。我不十分有保存信的习惯,可是我已经存了不止千八百封,这不是为保存,而是为了想答复。虽然遥遥无期。

因为自己有这样一个毛病,就每每推想别个同病的人到底为什么会懒得写信。照我们现在想,大抵不外几个原因：一是写信也要有物质基础，如果文房四宝不太方便，有笔无墨，或笔墨虽有，而墨的胶性太大，笔头又摇摇欲坠，像驾着老牛破车一样，游兴无论多么大，也要索然而返了。纸也很要紧，不要说草纸不能写信，就是宣纸道林纸，假若大小不一，颜色不齐，厚薄不均，也会扫写信的兴。或者说用钢笔不就得了么？然而钢笔又有钢笔的难处，不好用的钢笔，用起来比什么都吃力，写不上二三字，又废然了。钢笔头容易变成叉子，到那时恐怕除了画平行线以外，什么也写不出。钢笔杆容易让手指上起一个疙瘩，如果不是大力在后，谁也不愿意去忍痛写信。自来水笔似乎好了，而美国货太贵，国货又不敢领教。坏的自来水笔容易漏水，不是满手有入染坊之嫌，就是信纸会变成汪洋一片，这也败人的兴了。钢笔的问题纵解决，而墨水又成问题，墨水的上层每每清淡如水，写上去若有若无，用到下层时却又有浓得化不开之虞。在换一瓶不同牌子的墨水去用的时候，据说又会让第二瓶墨水起了化学作用，究竟什么化学作用，我们不清楚，可是写在纸上，字形却不太真了。文房四宝的难关已经如此,如果再加上邮票时刻涨价,每涨一次价,写信的兴致就淡一层。邮票方便,有时确是叫人爱写信的,随便一写,随便一贴,随便一丢,飘飘然,牢骚或者温情是可以达到友好之手了。因此,爱写信的朋友常常早买一批邮票,到了时候一贴。我还见过一位小朋友,他是预备得更周到,把邮票早贴到信封上。别人如果借他的信封用,大概也就同时省了一点物力时力。现在却不行了,早买下邮票吧,几天一涨,旧邮票立刻落伍,贴满了信封,也不够数。我现在就存下不少一元、二元、十元、五十元的邮票,眼看一百元、五百元的邮票又要打到冷宫里了。这样一来,谁愿意早预备邮票,不早预备邮票,写信的事业又受了挫折。

上面所说,都是写信一事的物质基础。另外却也有一些不利于写信的因素。一个人的表现方式,原是有惯性的,如果业已惯于用某一种方式了,大抵不太重视其他的方式。例如一个惯于用日记表现自己的人,每天日记数千言,他大概不再写什么文章了。反之,一个爱好长篇巨制的人，他的日记也势必至如流水账一样简陋。我总觉得爱讲话的人，就未必爱写信。因为见了面，可以天上地下，李家长张家短，海阔天空，多么痛快！谁耐烦用充塞拥挤的心情去写那写也写不痛快的八行书？

再则写信与年龄也有关，中学生都是擅长写长信的。老舍说中学生的恋爱只能在半脖子泥写情书的状态下进行，一点儿也不错。谁能怪中学生的时代正是诗人的时代，哲人的时代，情人的时代呢？中学以上，随着这些黄金时代的消失，而信也渐渐变短。大学毕了业，大概就只余下八行，八行也尽多的了。不是么？

写信又和性别有关，男子大概在这上面要见绌一点儿。在同一个公事房里，互递纸条来谩骂或传情，只有女职员才这样做。收到一封不识者的来信，只说讨厌，而心中急于拆阅，并且纵然不理，然而希望不久就再继续收到，这才只有女性为然。我有一次，在飞机上，见许多人欠伸欲睡，许多人恶心要吐，可是就有一位客人，在铺上小手提包，伏着身子写信，不用问，那也只有一位小姐可以做得出。小姐似乎为写信看信而活着,大概这话没有毛病。

不把写信当作一回事的人,有时却也容易写信。因为应酬的信是有套子的。纵然不必搬了尺牍大全照抄,而耳触目染,却也已经容易得腐词滥调的训练。可也要写一封有情趣的信,虽不必希望让人的子孙将来保存成墨宝,但至少不愿意落入言不由衷的恶札,就大大不易了。孙过庭在《书谱》上讲写好字的条件之一是"偶然欲书",这也就是兴会。现在何世?兴会何来?倘见一二知己,真要抱头大哭,实在缺乏写寸笺的"偶然欲书"的心情了!

写信也许是擅长应付实际生活的人的本领之一,我每见许多有为之士,有信必发,有时迟了一年半载,但也必须写出奉读某月某日手书的字样,仿佛他特别关心,又特别强记,叫收信的人既感而且佩。这种人大概是一饭三吐哺、一沐三握发的类型里的。反过来,假若居今之世,还不晓得钱的有用,衣冠也不能整齐,不想为世所知,自己也几乎忘了世界,此不实际之尤,对写信也就生疏了。

我虽然找了这许多理由,但自己省察下去,其中并没有一个理由和自己真正相合。糟糕的是,我竟天天惦记着给人写信,然而债台高筑,日增不已,自己的歉疚也就不已,大概是古人所谓"重伤"了。

结婚典礼

结婚这件事,只要成年的一男一女两相情愿就成,并不需要而且不可以有第三者的参加。但是相关法律规定要有公开仪式,再加上社会的陋俗(大部分似"野蛮的遗留"),以及爱受洋罪者的参酌西法,遂形成了近年来通行于中上阶级之所谓结婚典礼,又名"文明结婚",犹戏中之有"文明新戏"。婚姻大事,不可潦草。单凭父母之命媒妁之言就把一对无辜男女捏合起来,这不叫作潦草;只因一时冲动而遂盲目地订下偕老之约,这也不叫潦草:

唯有不请亲戚朋友街坊四邻来胡吃乱叫，或不当众提出结婚人来验明正身，则谓之曰潦草，又名不隆重。假如人生本来像戏，结婚典礼便似"戏中戏"，越隆重则越像。这出戏订期开演，先贴海报，风雨无阻，"撒网"敛钱，鼎惠不辞；届时悬灯结彩，到处猩红；在音乐方面则或用乞丐兼任的吹鼓手，或用卖仁丹游街或绸缎店大减价的铜乐队，或钢琴或风琴或口琴；少不了的是与演员打成一片的广大观众，内中包括该回家去养老的，该寻正当娱乐的，该受别种社会教育以及平时就该摄取营养的……演员的服装，或买或借或赁，常见的是蓝袍马褂及与环境全然不调和的一身西装大礼服，高冠燕尾，还有那短的像一件斗篷而还特烦两位小朋友牵着的那一橛子粉红纱！那出戏的尾声是，主人的腿子累的发麻，客人醉翻三五辈，门外的车夫一片叫嚣。评剧家曰："很热闹！"

这戏的开始照例是证婚人致辞。证婚人照例是新郎的上司，或新娘家中比较拿出来最像样的贵戚。他的身份等于"跳加官"，但他自己不知道，常常误会他是在做主席，或是礼拜堂里的牧师，因此他的职务成为善颂善祷，和那些在门口高叫"正念喜，抬头观，空中来了福禄寿三仙……"的叫花子是异曲而同工！他若是身通"国学"，诗云子曰地一来，那就不得了，在讲易经阴阳乾坤的时候，牵纱的小朋友们就非坐地上不可，而在人丛后面伸长颈子的那位客人，一定也会把其颈项慢慢缩回去了。我们应该容忍他，让他毕其词，甚而至于违着良心地报之以稀稀拉拉的掌声。放心，他将得意不了几次！

介绍人要是两个，仿佛从前的一男媒一女媒，其实是为站在证婚人身旁时一边一个，较有对称之美。介绍人宜于是面团团一团和气，谁见了他都会被他撮合似的。所以常害胃病的，专吃平价米的都不该入选。许多荣任介绍人的常喜欢当众宣布他们只是名义上的介绍人，新郎新娘是早已就……好像是生恐将来打离婚官司时要受连累，所以特先自首似的。其实是他多虑。所谓介绍，是指介绍结婚，这是婚书上写得明明白白的，并不曾要他介绍新郎新娘认识或恋爱，所以以前的因误会而恋爱和以后的因失望而反目，其责任他原是不负的。从前俗语说，"新娘搀上床，媒人扔过墙"，现在的介绍人则无须等待新娘上床便已解除职务了。

新郎新娘的"台步"是值得注意的，从这里可以看出导演者的手法，新郎应该像是一只木鸡，由两个傧相挟之而至，应该脸上微露苦相，好像做下什么坏事现在败露了要受制裁的样子，这才和身份相称。新娘走出来要像蜗牛，要像日移花影，只见她的位置移动，而不见她行走，头要垂下来，但又不可太垂，要表示出头和颈子还是连着的，扶着两个煞费苦心才寻到的不比自己美的傧相，随着一派乐声，在众目睽睽之下，由大家尽量端详。礼毕，新娘要准备迎接一阵"天雨粟"，也有羼杂粮的，也有带干果的，像冰雹似的没头没脸地打过来。有在额头上被命中一颗核桃的，登时皮肉隆起如舍利子。如果有人扫拢来，无疑地可以熬一大锅"腊八粥"。还有人抛掷彩色纸条，想把新娘做成一个茧子。客人对于新娘的种种行为，由品头论足以至大闹洞房，其实在刑法上都可以构成诽谤、侮辱、伤害、侵入私宅和有伤风化等罪名的，但是在隆重的结婚典礼里，这些丑态是属于"撑场面"一类，应该容许！

曾经有人把结婚比作"蛤蟆跳井"——可以得水，但是永世不得出来。现代人不把婚姻看得如此严重，法律也给现代人预先开了方便的后门或太平梯之类，所以典礼的隆重并不发生任何担保的价值。没有结过婚的人，把结婚后幻想成神仙的乐境，因此便以结婚为得意事，甘愿铺张，唯恐人家不知，更恐人家不来，所以往往一面登报"一切从简"，一面却是倾家荡产地"敬治喜筵"，以为诱饵。来观婚礼的客人，除了真有友谊的外，是来签到，出钱看戏，或真是双肩承一喙地前来就食！

我们能否有一种简便的节俭的合理的愉快的结婚仪式呢？这件事需要未婚者来细想一下，已婚者就不必多费心了。

虐待动物

一八二四年英国人成立了一个"防止虐待动物协会"。四十二年后美国也成立了这样的一个协会,目前美国约有六百个这样的组织。全世界现在都有类似的会社,其宗旨是防止有意地把不必要的痛苦加在动物身上。蔼然仁者之所用心,泽及禽兽。香港禁止鸡鸭贩子把几只鸡鸭系在一起倒挂在脚踏车的把手上,或是把过多的鸡鸭塞在小小的笼子里,那意思是要那些扁毛畜牲在那最后血光之灾以前能活得舒适一点,不能不说是菩萨心肠。我看见过広州的菜市里的鱼贩，指着盆里二尺来长的一条活鱼问你要买哪一块，你说要背上那一块，他便嗖地抽出一把牛耳尖刀，在鱼背上血淋淋地切下一块给你，那条缺了半个背的鱼依旧还放到水盆里去，等到别的主顾来再零刀碎剐。许多地方的市场里，卖鱼的都是不先开膛就生批逆鳞，只见鳞片乱飞，鱼不住地打挺。卖田鸡的更绝，唰地一下子把整张的皮剥下来，剥出白生生的田鸡乱蹦乱跳。站在旁边看着都心惊胆战。

我小时候，家里有两辆轿车，其中一辆交由小张驾驭，骡子的草料及一应给养都由他包办。小张深谙官场习惯，经手三分肥，克扣草料。骡子吃不饱，就跑不动，瘦骨嶙峋的，真正的是驽骞之乘，但是到了通衢大道之上又非腾骧一阵不可，小张就从袖里取出一把锥子，仿照苏秦引锥刺股的故事，在骡子的臀部上猛攮一下，骡子一惊，飞驰而前，鲜血顺着大腿滴流而下。这事不久就被发现，小张当然也立即另寻高就去了。我从小就很诧异一个人心肠何以硬得这样可怕，但是当时以为世界上仅有小张一个人是这样的狠。

一个人不可以有意地把"不必要的"痛苦加在动物身上，想来"必要的"痛苦则不在此限。北平烤鸭是中外驰名的美味，它的制法特殊——这是濒临运河的通州人的拿手，用特备的拌好的食粮搓成一根根的橛子，比香肠还要粗长一些，劈开鸭子的嘴巴硬往里塞，然后用手顺着鸭脖往下一捋，再塞一根，再捋一下。接连七八根塞下去了，鸭子连叫唤的力气都没有了，只剩下奄奄一息。这时候不能放它回到河里去，要丢到特建的一间小屋里，百八十只挤在里面绝对没有动弹的余地，只喝水，只准养尊处优地在里面安息，慢慢地蹲膘。每天这样饱餐两次，过个把月便可出而问世，在焖炉里一吊，香、肥、脆、嫩，此之谓"填鸭"。这过程颇为痛苦，可是有此必要，否则饕餮之士便无法大快朵颐。现在回想起来，小张锥攮骡臀，也不是没有必要，因为不如此他无法一面克扣粮食一面交代差事。为了自私的享受而不惜制造痛苦，这只是显示人性之恶的一面，"必要"云乎哉。

最残酷的事莫过于屠杀。所以说:"仁者不杀。"真要不使动物不受不必要的痛苦,则人曷不蔬食,在植物方面寻求蛋白质。半世纪前我参观过芝加哥的屠宰场,千百头的牛猪羊,不是头上捶一钉,便是胸口挨一刀,不大工夫而拔毛剥皮去骨切块之事毕,如今技术当更进步。那么多的生命毁于一旦,实在惊心动魄。我最不能了解的是:人类文明演进,何以如今还有人自命绅士而返回到渔猎时代?兔、狐、鹿、凫雁、野猪、鱼鳖,无害于人,而如莲池大师所谓:"网于山,罟于渊,多方掩取,曲而钩,直而矢,百计搜罗?"可笑的是:枪杀禽兽,电毙鳞鱼,挟科学利器屠害生灵,恃强凌弱,而得意扬扬。禽兽放在动物园里,等于是无期徒刑,比死刑稍次一等。有些动物学家说,不要以为栏里的动物如处囹圄,实际是它在栏后饶有安全之感,觉得你在栏外不会骚扰到它。我看见过巨熊在栏里晃来晃去,它还是想出来。又有人说,狩猎是必需的,因为动物没有家庭计划,繁殖得太快,食物供给不足,将有饿死之虞。假使你的邻人一家食指浩繁,无以为生，你是不是也可以走过去杀掉他的三男两女以减少他的负担？

动物含意甚广，应该把人类也包括进去。防止虐待动物，曷不亲亲而仁仁，先从防止虐待人类始？有时候人虐待人，无所不用其极，我们古时刑法就有许多是不必要的令人痛苦。《周礼·秋官·五刑之法》："墨罪五百，劓罪五百，宫罪五百，刖罪五百，杀罪五百。"究竟还是明文规定的法则，像纣所作的炮烙之刑，是以酷刑兼为取乐之资。肥胖的董卓死后，守尸的人在他肚脐里面插上灯捻，点燃起来，光照数日，幸而这是死后，生前若是落在人手里必定有更难堪的处置。外国人的残虐，也不让人。加尔各答的威廉堡有一间小室，十八尺宽，十四尺长，仅有两个小窗，东印度公司的守军一百四十六人被叛军禁闭在里面，一夜之间渴热难当，仅有二十三人幸免于死，时在一七五六年六月，是历史上有名的所谓"黑洞"事件。

没有什么事情比战争更残酷更不必要，偏偏有那么许多人好战，所求不遂，便挥动干戈，使得爱和平的也不能不起来自卫。约翰孙博士有一篇文章(《闲游者》第二十二期)借兀鹰的对话写人类的愚蠢,人类是唯一的一种动物大规模地互相残杀并不把对方的肉吃下去,只是抛在战场上白白地喂兀鹰,不知那是所为何来。防止虐待动物,而不防止人类的互相厮杀,不晓得为什么要这样地厚于彼而薄于此!

为什么不说实话

听一个朋友说起一个有趣的故事,这是个老故事,但我是初次听见,所以以为有趣。他说:

有一家酒店,隔壁住着好几个酒徒,酒徒竟偷酒喝,偷酒的方法是凿壁成穴,以管入酒缸而吸饮之,轮流吸饮,每天夜晚习以为常。酒店老板初而惊讶酒浆损失之巨,继而暗叹酒徒偷饮技术之精,终乃思得报复之道。老板不动声色,入晚于置酒缸之处改置小便桶一,内中便溺洋溢,不可向迩。夜深人静,酒徒又来吮饮,争先恐后,欲解馋吻。用尽力一吸，饱尝异味，挤眉咧嘴，汩汩自喉而下，刚要声张，旋思我若声张，别人必不再来上当，我独自吃亏，岂不太冤枉乎？有亏大家吃。于是乎连呼"好酒！好酒！"而退，乙继之，亦同样上当，亦同样不肯独自上当，亦连呼"好酒！好酒！"而退。丙丁戊己，循序而饮，以至于全体酒徒均得分润。事毕环立，相视而笑。

我听过这个故事之后，心里有一点儿明白为什么有些人不肯说老实话。有些人宁愿自己吃亏，宁愿跟着别人吃亏，宁愿套引别人跟着他吃亏，也不愿意把自己所实感的坦白直说出来。因为说出来之后，别人就不再吃亏，而他自己就显得特别委屈。别人和他同样的吃亏，他就觉得有人陪着他吃亏了，不冤枉了。

我又想：万一其中有一个心直口快，把老实话脱口而出，这个人将要受怎样的遭遇呢？我想这个人是不受欢迎的，并且还要受到诅咒，尤其是那些已经饮过小便而貌作饮过醇酿的人必定要骂这个人是个呆瓜！

要下水,大家拖下水。谁也不说老实话。说老实话就是呆瓜!

这种心理,到处皆然,要不得!

第四章 一个人的自由天地

人类最高理想应该是人人能有闲暇,于必须的工作之余还能有闲暇去做人,有闲暇去做人的工作,去享受人的生活。

梦

《庄子·大宗师》:"古之真人,其寝不梦。"注:"其寝不梦,神定也,所谓至人无梦是也。"做到至人的地步是很不容易的,要物我两忘,"嗒然若丧其耦"才行。偶然接连若干天都是一夜无梦,浑浑噩噩地睡到大天光,这种事情是常有的,但是长久地不做梦,谁也办不到。有时候想梦见一个人,或是想梦做一件事,或是想梦到一个地方,拼命地想,热烈地想,刻骨镂心地想,偏偏想不到,偏偏不肯入梦来。有时候没有想过的,根本不曾

第四章 / 一个人的自由天地

起过念头的,而且是荒谬绝伦的事情,竟会窜入梦中,突如其来,挥之不去,好惊、好怕、好窘、好羞!至于我们所企求的梦,或是值得一做的梦,那是很难得一遇的事,即使偶有好梦,也往往被不相干的事情打断,戛然而觉。大致讲来,好梦难成,而噩梦连连。

我小时候常做的一种梦是下大雪。北国冬寒,雪虐风饕原是常事,哪有一年不下雪的?在我幼小心灵中,对于雪没有太大的震撼,顶多在院里堆雪人、打雪仗。但是我一年四季之中经常梦雪,差不多每隔一二十天就要梦一次。对于我,雪不是"战退玉龙三百万,败鳞残甲满天飞"(张承吉句),我没有那种狂想,也没有白居易"可怜今夜鹅毛雪,引得高情鹤氅人"那样的雅兴,更没有柳宗元"独钓寒江雪"的那份幽独的感受。雪只是大片大片的六出雪花,似有声似无声地、没头没脑地从天空筛将下来。如果这一场大雪把地面上的一切不平都匀称地遮覆起来,大地成为白茫茫的一片,像韩昌黎所谓"凹中初盖底,凸处尽成堆",或是相传某公所谓的"黑狗身上白,白狗身上肿",我一觉醒来便觉得心旷神怡,整天高兴。若是一场风雪有气无力,只下了薄薄一层,地面上的枯枝败叶依然暴露,房顶上的瓦垄也遮盖不住,我登时就会觉得哽结,醒后头痛欲裂,终朝寡欢。这样的梦我一直做到十四五岁才告停止。

紧接着常做的是另一种梦,梦到飞。不是像一朵孤云似的飞,也不是像抟扶摇而上九万里的大鹏,更不是徐志摩在《想飞》一文中所说的"飞上天空去浮着,看地球这弹丸在太空里滚着,从陆地看到海,从海再看回陆地。凌空去看一个明白",我没有这样规模的豪想。我梦飞,是脚踏实地地两腿一弯,向上一纵,就离了地面,起先是一尺来高,渐渐上升一丈开外,两脚轻轻摆动,就毫不费力地越过了影壁,从一个小院窜到另一个小院,左旋右转,夷犹如意。这样的梦,我经常做,像潘彼得"那个永远长不大的孩子",说飞就飞,来去自如。醒来之后,就觉得浑身通泰。若是在梦里两腿一踹,竟飞不起来,身像铅一般的重,那么醒来就非常沮丧,一天不痛快。这样的梦做到十八九岁就不再有了。大概是潘彼得已经长大,而我像是雪莱《西风歌》所说的:"落在人生的荆棘上了!"

成年以后,我过的是梦想颠倒的生活,白天梦做不少,夜梦却没有什么可说的。江淹少时梦人授以五色笔,由是文藻日新。王珣梦大笔如椽,果然成大手笔。李白少时笔头生花,自是天才赡逸,这都是奇迹。说来惭愧,我有过一支小小的可以旋转笔芯的四色铅笔,我也有过一幅朋友画赠的"梦笔生花图",但是都无补于我的文思。我的亲人、我的朋友送给我的各式各样的大小精粗的笔,不计其数,就是没有梦见过五色笔,也没有梦见过笔头生花。至于黄帝之梦游华胥、孔子之梦见周公、庄子之梦为蝴蝶、陶侃之梦见天门,不消说,对我更是无缘了。我常有噩梦,不是出门迷失,找不着归途,到处"鬼打墙",就是内急找不到方便之处,即使找到了地方也难得立足之地,再不就是和恶人打斗而四肢无力,结果大概都是大叫一声而觉。像黄粱梦、南柯一梦……那样的丰富经验,纵然是梦不也是很快意吗?

梦本是幻觉，迷离惝恍，与过去的意识或者有关，与未来的现实应是无涉，但是自古以来就把梦当兆头。晋皇甫谧《帝王世纪》说：皇帝做了两个大梦，一个是"大风吹天下之尘垢皆去"，一个是"人执千钧之弩驱羊万群"，于是他用江湖上拆字的方法占梦，依前梦"得风后于海隅，登以为相"，依后梦"得力牧于大泽，进以为将"。据说黄帝还著了《占梦经》十一卷。假定黄帝轩辕氏是于公元前二六九八年即帝位，他用什么工具著书，其书如何得传，这且不必追问。《周礼·春官》证实当时有官专司占梦之事："观天地之会，辨阴阳之气，以日月星辰，占六梦之吉凶，一曰正梦，二曰噩梦，三曰思梦，四曰寤梦，五曰喜梦，六曰惧梦。"后世没有占梦的官，可是梦为吉凶之兆，这种想法仍深入人心。如今一般人梦棺材，以为是升官发财之兆；梦粪便，以为是黄金万两之征。何况自古就有传说，梦熊为男子之祥，梦兰为妇人有身，甚至梦见自己的肚皮上生出一棵大松树，谓为将见人君，真是痴人说梦。

旧

"我爱一切旧的东西——老朋友,旧时代,旧习惯,古书,陈酿;而且我相信,陶乐赛,你一定也承认我一向是很喜欢一位老妻。"这是高尔斯密的名剧《委曲求全》(She Stoops to Conquer)中那位守旧的老头儿哈德卡索先生说的话。他的夫人陶乐赛听了这句话,心里有一点高兴,这风流的老头子还是喜欢她,但是也不是没有一点愠意,因为这一句话的后半段说穿了她的老。这句话的前半段没有毛病,他个人有此癖好,干别人什么事?而且事实上有很多人颇具同感,也觉得一切东西都是旧的好,除了朋友、时代、习惯、书、酒之外,有数不尽的事物都是越老越古越旧越陈越好。所以有人把这半句名言用花体正楷字母抄了下来,装在玻璃框里,挂在墙上,那意思好像是在向喜欢除旧布新的人挑战。

俗语说:"人不如故,衣不如新。"其实,衣着之类还是旧的舒适。新装上身之后,东也不敢坐,西也不敢靠,战战兢兢。我看见过有人全神贯注在他的新西装裤管上的那一条直线,坐下之后第一桩事便是用手在膝盖处提动几下,生恐膝部把他的笔直的裤管撑得变成了口袋。人生至此,还有什么趣味可说!看见过爱因斯坦的小照吗?他总是披着那一件敞着领口胸怀的松松大大的破夹克,上面少不了烟灰烧出的小洞,更不会没有一片片的汗斑油渍,但是他在这件破旧衣裳遮盖之下优哉游哉地神游于太虚之表。《世说新语》记载着:"桓车骑不好着新衣,浴后妇故进新衣与,车骑大怒,催使持去,妇更持还,传语云,'衣不经新,何由得故?'桓公大笑着之。"桓冲真是好说话,他应该说:"有旧衣可着,何用新为?"也许他是为了保持阃内安宁,所以才一笑置之。"杀头而便冠"的事情我还没有见过;但是"削足而适履"的行为,则颇多类似的例证。一般人穿的鞋,其制作设计很少有顾到一只脚是有五个指头的,穿这样的鞋虽然无须"削"足,但是我敢说五个脚趾绝对缺乏生存空间。有人硬是觉得,新鞋不好穿,敝屣不可弃。

"新屋落成"金圣叹列为"不亦快哉"之一,快哉尽管快哉,随后那"树小墙新"的一段暴发气象却是令人难堪。"欲存老盖千年意,为觅霜根数寸栽",但是需要等待多久!一栋建筑要等到相当破旧,才能有"树林阴翳,鸟声上下"之趣,才能有"苔痕上阶绿,草色入帘青"之乐。西洋的庭园,不时地要剪草,要修树,要打扮得新鲜耀眼,我们的园艺的标准显然地有些不同,即使是帝王之家的园囿也要在亭阁楼台画栋雕梁之外安排一个"濠濮间""谐趣园",表示一点点陈旧古老的萧瑟之气。至于讲学的上庠，要是墙上没有多年蔓生的常春藤，基脚上没有远年积留的苔藓，那还能算是第一流吗？

旧的事物之所以可爱，往往是因为它有内容，能唤起人的回忆。例如，阳历尽管是我们正式采用的历法，在民间则阴历仍不能废，每年要过两个新年，而且只有在旧年才肯"新桃换旧符"。明知地处亚热带，仍然未能免俗要烟熏火燎地制造常常带有尸味的腊肉。端午节的龙舟粽子是不可少的，有几个人想到那"露才扬己，怨怼沉江"的屈大夫？还不是旧俗相因虚应故事？中秋赏月，重九登高，永远一年一度地引起人们的不可磨灭的兴味。甚至腊八的那一锅粥，都有人难以忘怀。至于供个人赏玩的东西，当然是越旧越有意义。一把宜兴砂壶，上面有陈曼生制铭镌句，纵然破旧，气味自然高雅。"菖蒲锦背元人画，金粟笺装宋版书"，更是足以使人超然远举，与古人游。我有古钱一枚，"临安府行用，准参百文省"，把玩之余不能不联想到南渡诸公之观赏西湖歌舞。我有胡桃一对，祖父常常放在手里揉动，噶咯噶咯地作响，后来又在我父亲手里揉动，也嘎咯嘎咯地响了几十年，圆滑红润，有如玉髓，真是先人手泽，现在轮到我手里嘎咯嘎咯地响了，好几次险些儿被我的儿孙辈敲碎取出桃仁来吃！每一个破落户都可以拿出几件旧东西来，这是不足为奇的事。国家亦然。多少衰败的古国都有不少的古物，可以令人惊羡、欣赏、感慨、唏嘘！

旧的东西之可留恋的地方固然很多，人生之应该日新又新的地方亦复不少。对于旧日的典章文物我们尽管喜欢赞叹，可是我们不能永远盘桓在美好的记忆境界里，我们还是要回到这个现实的地面上来。在博物馆里我们面对商周的吉金，宋元明的书画瓷器，可是遛酸双腿走出门外便立刻要面对挤死人的公共汽车，丑恶的市招和各种饮料一律通用的玻璃杯！

旧的东西大抵可爱，唯旧病不可复发。诸如夜郎自大的脾气，奴隶制度的残余，懒惰自私的恶习，蝇营狗苟的丑态，畸形病态的审美观念，以及罄竹难书的诸般病症，皆以早去为宜。旧病才去，可能新病又来，然而总比旧疴新恙一时并发要好一些。最可怕的是,倡言守旧,其实只是迷恋骸骨;唯新是鹜,其实只是摭拾皮毛,那便是新旧之间两俱失之了。

树

北平的人家，差不多家家都有几棵相当大的树。前院一棵大槐树是很平常的，槐荫满庭，槐影临窗，到了六七月间槐黄满树使得家像一个家，虽然树上不时地由一根细丝吊下一条绿颜色的肉虫子，不当心就要粘得满头满脸。槐树寿命很长，有人说唐槐到现在还有生存在世上的，这种树的树干就有一种纠绕蟠屈的姿态，自有一股老丑而并不自嫌的神气，有这样一棵矗立在前庭，至少可以把"树小墙新画不古"的讥诮免除三分之一。后院照例应该有一棵榆树,榆与余同音,示有余之意,否则榆树没有什么特别值得令人喜爱的地方,成年地往下撒落五颜六色的毛毛虫,榆钱做糕也并不好吃。至于边旁跨院里,则只有枣树的份,"叶小如鼠耳",到处生些怪模怪样的能刺伤人的小毛虫。枣实只合做枣泥馅子,生吃在肚里就要拉枣酱,所以左邻右舍的孩子老妪任意扑打也就算了。院子中央的四盆石榴树,那是给天棚鱼缸做陪衬的。

我家里还有些别的树。东院里有一棵柿子树,每年结一二百个高庄柿子,还有一棵黑枣。垂花门前有四棵西府海棠,艳丽到极点。西院有四棵紫丁香,占了半个院子。后院有一棵香椿和一棵胡椒,椿芽椒芽成了烧黄鱼和拌豆腐的最好的作料。榆树底下有一个葡萄架,年年在树根左近要埋一只死猫(如果有死猫可得)。在从前的一处家园里,还有更多的树,桃、李、胡桃、杏、梨、藤萝、松、柳,无不俱备。因此,我从小就对树存有偏爱。我尝面对着树生出许多非非之想,觉得树虽不能言、不解语,可是它也有生老病死,它也有荣枯,它也晓得传宗接代,它也应该算是"有情"。

树的姿态各个不同。亭亭玉立者有之,矮墩墩的有之,有张牙舞爪者,有佝偻其背者,有戟剑森森者,有摇曳生姿者,各极其致。我想树沐浴在熏风之中,抽芽放蕊,它必有一番愉快的心情。等到花簇簇,锦簇簇,满枝头红红绿绿的时候,招蜂引蝶,自又有一番得意。落英缤纷的时候可能有一点伤感,结实累累的时候又会有一点迟暮之思。我又揣想,蚂蚁在树干上爬,可能会觉得痒痒出溜的;蝉在枝叶间高歌,也可能会觉得聒噪不堪。总之,树是活的,只是不会走路,根扎在哪里便住在哪里,永远没有颠沛流离之苦。

小时候听"名人演讲",有一次是一位什么"都督"之类的角色讲演"人生哲学",我只记得其中一点点,他说:"植物的根是向下伸,兽畜的头是和身躯平的,人是立起来的,他的头是在最上端。"我当时觉得这是一大发现,也许是生物进化论的又一崭新的说法。怪不得人为万物之灵,原来他和树比较起来是本末倒置的。人的头高高在上,所以"清气上升,浊气下降"。有道行的人,有坐禅,有立禅,不肯倒头大睡,最后还要讲究坐化。

可是历来有不少诗人并不这样想,他们一点也不鄙视树。美国的弗罗斯特有一首诗,名《我的窗前树》,他说他看出树与人早晚是同一命运的,都要倒下去。只有一点不同,树担心的是外在的险厄,人烦虑的是内心的风波。又有一位诗人名Kilmer,他有一首著名的小诗——《树》,有人批评说那首诗是"坏诗",我倒不觉得怎样坏,相反地,"诗是像我这样的傻瓜做的,只有上帝才能造出一棵树",这两行诗颇有一点意思。人没有什么了不起,侈言创造,你能造出一棵树来吗?树和人,都是上帝的创造。最近我到阿里山去游玩,路边见到那株"神木",据说有三千年了,比起庄子所说的"以八千岁为春,以八千岁为秋"的上古大椿还差一大截子,总算有一把年纪,可是看那一副形容枯槁的样子,只是一具枯骸,何神之有!我不相信"枯树生华"那一套。我只能生出"树犹如此,人何以堪"的感想。

第四章 / 一个人的自由天地

我看见阿里山上的原始森林,一片片,黑压压,全是参天大树,郁郁葱葱。但与我从前在别处所见的树木气象不同。北平公园大庙里的柏,以及梓橦道上的所谓张飞柏,号称"翠云廊",都没有这里的树那么直那么高。像黄山的迎客松,屈铁交柯,就更不用提,那简直是放大了的盆景。这里的树大部分是桧木,全是笔直的,上好的电线杆子材料。姿态是谈不到,可是自有一种榛莽未除入眼荒寒的原始山林的意境。局促在城市里的人走到原始森林里来,可以嗅到"高贵的野蛮人"的味道,令人精神上得到解放。

睡

我们每天睡眠八小时，便占去一天的三分之一，一生之中三分之一的时间于"一枕黑甜"之中度过，睡不能不算是人生一件大事。可是人在筋骨疲劳之后，眼皮一垂，枕中自有乾坤，其事乃如食色一般的自然，好像是不需措意。

豪杰之士有"闻午夜荒鸡起舞"者，说起来令人神往，但是五代时之陈希夷，居然隐于睡，据说"小则亘月，大则几年，方一觉"，没有人疑其为有睡病，而且传为美谈。这样的大量睡眠，非常人之所能。我们的传统的看法，大抵是不鼓励人多睡觉。昼寝的人早已被孔老夫子斥为不可造就，使得我们居住在亚热带的人午后小憩（西班牙人所谓Siesta）时内心不免惭愧。后汉时有一位边孝先，也是为了睡觉受他的弟子们的嘲笑："边孝先，腹便便，懒读书，但欲眠。"佛说在家戒法，特别指出"贪睡眠乐"为"精进波罗密"之一障。大概倒头便睡，等着太阳晒屁股，其事甚易，而掀起被衾，跳出软暖，至少在肉体上做"顶天立地"状，其事较难。

其实睡眠还是需要适量。我看倒是睡眠不足为害较大。"睡眠是自然的第二道菜"，亦即最丰盛的主菜之谓。多少身心的疲惫都在一阵"装死"之中涤除净尽。车祸的发生时常因为驾车的人在打瞌睡。衙门机构一些人员之一张铁青的脸，傲气凌人，也往往是由于睡眠不足，头昏脑涨，一肚皮的怨气无处发泄，如何能在脸上绽出人类所特有的笑容？至于在高位者，他们的睡眠更为重要，一夜失眠，不知要造成多少纰漏。

睡眠是自然的安排，而我们往往不能享受。以"天知地知我知子知"闻名的杨震，我想他睡觉没有困难，至少不会失眠，因为他光明磊落。心有恐惧，心有挂碍，心有忮求，倒下去只好辗转反侧，人尚未死而已先不能瞑目。庄子所谓"至人无梦"，《楞严经》所谓"梦想消灭，寝寤恒一"，都是说心里本来平安，睡时也自然踏实。劳苦分子，生活简单，日入而息，日出而作，不容易失眠。听说有许多治疗失眠的偏方，或教人计算数目字，或教人想象中描绘人体轮廓，其用意无非是要人收敛他的颠倒妄想，忘怀一切，但不知有多少实效。愈失眠愈焦急，愈焦急愈失眠，恶性循环，只好瞪着大眼睛，不觉东方之既白。

睡眠不能无床。古人席地而坐卧，我由"榻榻米"体验之，觉得不是滋味。后来北方的土炕砖炕，即较胜一筹。近代之床，实为一大进步。床宜大，不宜小。今之所谓双人床，阔不过四五尺，仅足供单人翻覆，还说什么"被底鸳鸯"？

第四章 / 一个人的自由天地

莎士比亚《第十二夜》提到一张大床,英国Ware地方某旅舍有大床,七尺六寸高,十尺九寸长,十尺九寸阔,雕刻甚工,可睡十二人云。尺寸足够大了,但是睡上一打,其去沙丁鱼也几希,并不令人羡慕。讲到规模,还是要推我们上国的衣冠文物。我家在北平即藏有一旧床,杭州制,竹篾为绷,宽九尺余,深六尺余,床架高八尺,三面隔扇,下面左右床柜,俨然一间小屋,最可人处是床里横放架板一条,图书,盖碗,桌灯,四干四鲜,均可陈列其上,助我枕上之功。洋人的弹簧床,睡上去如落在棉花堆里,冬日犹可,夏日燠不可当,而且洋人的那种铺被的方法,将身体放在两层被单之间,把毯子裹在床垫之上,一翻身肩膀透风,一伸腿脚趾戳被,并不舒服。佛家的八戒,其中之一是"不坐高广大床",和我的理想正好相反,我至今还想念我老家里的那张高广大床。

睡觉的姿态人各不同,亦无长久保持"睡如弓"的姿态之可能与必要。王右军那样的东床坦腹,不失为潇洒。即使佝偻着,如死蚯蚓,匍匐着,如癞蛤蟆,也不干谁的事。北方有些地方的人士,无论严寒酷暑,入睡时必脱得一丝不挂,在被窝之内实行天体运动,亦无伤风化。唯有鼾声雷鸣,最使不得。宋张端义《贵耳集》载一条奇闻:"刘垂范往见羽士寇朝,其徒告以睡。刘坐寝外闻鼻鼾之声,雄美可听,曰:'寇先生睡有乐,乃华胥调。'"所谓"华胥调"见陈希夷故事,据《仙佛奇踪》:"陈抟居华山,有一客过访,适值其睡,旁有一异人,听其息声,以墨笔记之。客怪而问之,其人曰:'此先生华胥调混沌谱也。'"华胥氏之国不曾游过,华胥调当然亦无欣赏,若以鼾声而论,我所能辨识出来的谱调顶多是近于"爵士新声",其中可能真有"雄美可听"者。不过睡还是以不奏乐为宜。

睡也可以是一种逃避现实的手段。在这个世界活得不耐烦而又不肯自行退休的人,大可以掉头而去,高枕而眠,或竟曲肱而枕,眼前一黑,看不惯的事和看不入眼的人都可以暂时撇在一边,像鸵鸟一般,眼不见为净。明陈继儒《珍珠船》记载着:"徐光溥为相,喜论事,大为李旻等所嫉，光溥后不言，每聚议，但假寐而已，时号睡相。"一个做到首相地位的人，开会不说话，一味假寐，真是懂得明哲保身之道，比微行言逊还要更进一步。这种功夫现代似乎尚未失传。

雪

李白句:"燕山雪花大如席。"这话靠不住,诗人夸张,犹"白发三千丈"之类。据科学的报道,雪花的结成视当时当地的气温状况而异,最大者直径三至四英寸。大如席,岂不一片雪花就可以把整个人盖住?雪,是越下得大越好,只要是不成灾。雨雪霏霏,像空中撒盐,像柳絮飞舞,缓缓然下,真是有趣,没有人不喜欢。有人喜雨,有人苦雨,不曾听说谁厌恶雪。就是在冰天雪地的地方,爱斯基摩人也还利用雪块砌成圆顶小屋,住进去暖和得很。

赏雪，须先肚中不饿。否则雪虐风饕之际，饥寒交迫，就许一口气上不来，焉有闲情逸致去细数"一片一片又一片……飞入梅花都不见"？后汉有一位袁安，大雪塞门，无有行路，人谓已死，洛阳令令人除雪，发现他在屋里僵卧，问他为什么不出来，他说："大雪人皆饿，不宜干人。"此公戆得可爱，自己饿，料想别人也饿，我相信袁安僵卧的时候一定吟不出"风吹雪片似花落"之类的句子。晋王子猷居山阴，夜雪初霁，月色清朗，忽然想起远在剡的朋友戴安道，即便夜乘小舟就之，经宿方至，造门不前而返。假如没有那一场大雪，他固然不会发此奇兴，假如他自己饘粥不继，他也不会风雅到夜乘小船去空走一遭。至于谢安石一门风雅，寒雪之日与儿女吟诗，更是富贵人家事。

一片雪花含有无数的结晶，一粒结晶又有好多好多的面，每个面都反射着光，所以雪才显着那样的洁白。我年轻时候听说从前有烹雪论茗的故事，一时好奇，便到院里就新降的积雪掬起表面的一层,放在甑里融成水,煮沸,走七步,用小宜兴壶,沏大红袍,倒在小茶盅里,细细品啜之,举起喝干了的杯子就鼻端猛嗅三两下——我一点也不觉得两腋生风,反而觉得舌本闲强。我再检视那剩余的雪水,好像有用矾打的必要!空气污染,雪亦不能保持其清白。有一年,我在汴洛道上行役,途中车坏,时值大雪,前不巴村后不着店,饥肠辘辘,乃就路边草棚买食,主人飨我以挂面,我大喜过望。但是煮面无水,主人取洗脸盆,舀路旁积雪,以混沌沌的雪水下面。虽说饥者易为食,这样的清汤挂面也不是顶容易下咽的。从此我对于雪,觉得只可远观,不可亵玩。苏武饥吞毡渴饮雪,那另当别论。

雪的可爱处在于它的广被大地,覆盖一切,没有差别。冬夜拥被而眠,觉寒气袭人,蜷缩不敢动,凌晨张开眼皮,窗棂窗帘隙处有强光闪映大异往日,起来推窗一看——啊!白茫茫一片银世界。竹枝松叶顶着一堆堆的白雪,权芽老树也都镶了银边。朱门与蓬户同样地蒙受它的沾被,雕栏玉砌与瓮牖桑枢没有差别待遇。地面上的坑穴洼溜,冰面上的枯枝断梗,路面上的残刍败屑,全都罩在天公抛下的一件鹤氅之下。雪就是这样的大公无私,装点了美好的事物,也遮掩了一切的芜秽,虽然不能遮掩太久。

雪最有益于人之处是在农事方面,我们靠天吃饭,自古以来就看上天的脸色,"上天同云,雨雪雰雰。……既沾既足,生我百谷。"俗语所说"瑞雪兆丰年",即今冬积雪,明年将丰之谓。不必"天大雪,至于牛目",盈尺就可成为足够的宿泽。还有人说雪宜麦而辟蝗,因为蝗遗子于地,雪深一尺则入地一丈,连虫害都包治了。我自己也有过一点类似的经验,堂前有芍药两栏,书房檐下有玉簪一畦,冬日几场大雪扫积起来,堆在花栏花圃上面,不但可以使花根保暖,而且来春雪融成了天然的润溉,大地回苏的时候果然新苗怒发,长得十分茁壮,花团锦簇。我当时觉得比堆雪人更有意义。

据说有一位枭雄吟过一首咏雪的诗:"黄狗身上白,

白狗身上肿,出门一啊喝,天下大一统。"俗话说"官大好吟诗",何况一位枭雄在夤缘际会踌躇满志的时候?这首诗不是没有一点巧思,只是趣味粗犷得可笑,这大概和出身与气质有关。相传法国皇帝路易十四写了一首三节联韵诗,自鸣得意,征求诗人批评家布洼娄的意见,布洼娄说:"陛下无所不能,陛下欲作一首歪诗,果然做成功了。"我们这位枭雄的咏雪,也应该算是很出色的一首歪诗。

书

从前的人喜欢夸耀门第,纵不必家世贵显,至少也要是书香人家才能算是相当的门望。书而曰香,盖亦有说。从前的书,所用纸张不外毛边、连史之类,加上松烟油墨,天长日久密不通风自然生出一股气味,似沉檀非沉檀,更不是桂馥兰薰,并不沁人脾胃,亦不特别触鼻,无以名之,名之曰书香。书斋门窗紧闭,乍一进去,书香特别浓,以后也就不大觉得。现代的西装书,纸墨不同,好像有一股煤油味,不好说是书香了。

不管香不香，开卷总是有益。所以世界上有那么多有书癖的人，读书种子是不会断绝的。买书就是一乐，旧日北平琉璃厂、隆福寺街的书肆最是诱人，你迈进门去向柜台上的伙计点点头便直趋后堂，掌柜的出门迎客，分宾主落座，慢慢地谈生意。不要小觑那位书贾，关于目录版本之学他可能比你精。搜访图书的任务，他代你负担，只要他摸清楚了你的路数，一有所获立刻专人把样函送到府上，合意留下翻看，不合意他拿走，和和气气，书价嘛，过节再说。在这样情形之下，一个读书人很难不染上"书淫"的毛病，等到四面卷轴盈满，连坐的地方都不容易匀让出来，那时候便可以顾盼自雄，酸溜溜地自叹"丈夫拥书万卷，何假南面百城？"现代我们买书比较方便，但是搜访的乐趣，搜访而偶有所获的快感，都相当地减少了。挤在书肆里浏览图书，本来应该是像牛吃嫩草，不慌不忙的，可是若有店伙眼睛紧盯着你，生怕你是一名雅贼，你也就不会怎样的从容，还是早些离开这是非之地好些，更有些书不裁毛边，干脆拒绝翻阅。

"郝隆七月七日，出日中仰卧，人问其故，曰：'我晒书'。"（见《世说新语》）郝先生满腹诗书，晒书和日光浴不妨同时举行。恐怕那时候的书在数量上也比较少，可以装进肚里去。司马温公也是很爱惜书的，他告诫儿子说："吾每岁以上伏及重阳间视天气晴明日，即设几案于当日所，侧群书其上以曝其脑。所以年月虽深，终不损动。"书脑即是书的装订之处，翻页之处则曰书口。司马温公看书也有考究，他说："至于启卷，必先视几案洁净，借以茵褥，然后端坐看之。或欲行看，即承以方版，未尝敢空手捧之，非惟手汗渍及，亦虑触动其脑。每至看竟一版，即侧右手大指面衬其沿，而覆以次指面，捻而挟过，故得不至揉熟其纸。每见汝辈多以指爪撮起，甚非吾意。"（见《宋稗类钞》）我们如今的图书不这样名贵，并且装订技术进步，不像宋朝的"蝴蝶装"那样的娇嫩，但是读书人通常还是爱惜他的书，新书到手先裹上一个包皮，要晒，要揩，要保管。我也看见过名副其实的收藏家，爱书爱到根本不去读它的程度，中国书则锦函牙签，外国书则皮面金字,庋置柜橱,满室琳琅,真好像是琅嬛福地,书变成了陈设、古董。

有人说:"借书一痴,还书一痴。"有人分得更细:"借书一痴,惜书二痴,索书三痴,还书四痴。"大概都是有感于书之有借无还。书也应该深藏若虚,不可慢藏诲盗。最可恼的是全书一套借去一本,久假不归,全书成了残本。明人谢肇淛编《五杂俎》,记载一位:"虞参政藏书数万卷,贮之一楼,在池中央,小木为彴,夜则去之。榜其门曰:'楼不延客,书不借人。'"这倒是好办法,可惜一般人难得有此设备。

读书乐,所以有人一卷在手往往废寝忘食。但是也有人一看见书就哈欠连连,以看书为最好的治疗失眠的方法。黄庭坚说:"人不读书,则尘俗生其间,照镜则面目可憎,对人则语言无味。"这也要看所读的是些什么书。如果读的尽是一些猥亵的东西,其人如何能有书卷气之可言?宋真宗皇帝的《劝学文》,实在令人难以入耳:"富家不用买良田,书中自有千钟粟;安居不用架高堂,书中

第四章 / 一个人的自由天地

自有黄金屋；出门莫恨无人随，书中车马多如簇；娶妻莫恨无良媒，书中自有颜如玉；男儿欲遂平生志，六经勤向窗前读。"不过是把书当作敲门砖以遂平生之志，勤读六经，考场求售而已。十载寒窗，其中只是苦，而且吃尽苦中苦，未必就能进入佳境。倒是英国十九世纪的罗斯金，在他的《芝麻与百合》第一讲里，劝人读书尚友古人，那一番道理不失雅人深致。古圣先贤，成群的名世的作家，一年四季地排起队来立在书架上面等候你来点唤，呼之即来挥之即去。行吟泽畔的屈大夫，一邀就到；饭颗山头的李白、杜甫也会联袂而来；想看外国戏，环球剧院的拿手好戏都随时承接堂会；亚里士多德可以把他逍遥廊下的讲词对你重述一遍。这真是读书乐。

我们国内某一处的人最好赌博，所以讳言书，因为书与输同音，读书曰读胜。基于同一理由，许多地方的赌桌旁边忌人在身后读书。人生如博弈，全副精神去应付，还未必能操胜算。如果沾染上书癖，势必呆头呆脑，变成书呆子，这样的人在人生的战场之上怎能不大败亏输？所以我们要钻书窟,也还要从书窟里钻出来。朱晦庵有句:"书册埋头何日了,不知抛却去寻春。"是见道语,也是老实话。

信

早起最快意的一件事,莫过于在案上发现一大堆信——平、快、挂,七长八短的一大堆。明知其间未必有多少令人欢喜的资料,大概总是说穷诉苦、琐屑累人的居多,常常令人终日寡欢,但是仍希望有一大堆信来。Marcus Aurelius曾经说:"每天早晨我离家时便对自己说:'我今天将要遇见一个傲慢的人,一个忘恩负义的人,一个说话太多的人。这些人之所以要这样,乃是自然的而且必然的,所以不可惊异。'"我每天早晨拆阅来信，亦先具同样心理，不但不存奢望，而且预先料到我今天将要接到几封催命符式的讨债信，生活比我优裕而反来向我告贷的信，以及看了不能令人喜欢的喜柬，不能令人不喜欢的讣闻等。世界上是有此等人，此等事，所以我当然也要接得此等信，不必惊讶。最难堪的，是遥望绿衣人来，总是过门不入，那才是莫可名状的凄凉，仿佛是有被人遗弃之感。

有一种人把自己的文字润格定得极高，颇有一字千金之概，轻易是不肯写信的。你写信给他，永远是石沉大海。假如忽然间朵云遥颁，而且多半是又挂又快，隔着信封摸上去，沉甸甸的，又厚又重——放心，里面第一页必是抄自《尺牍大全》，"自违雅教，时切遐思，比维起居清泰为颂为祷"这么一套，正文自第二页开始，末尾于顿首之后，必定还要标明"鹄候回音"四个大字，外加三个密圈，此外必不可少的是另附恭楷履历硬卡片一张。这种信也有用处，至少可以令我们知道此人依然健在，此种信不可不复，复时以"……俟有机缘，定当驰告"这么一套为最得体。

另一种人，好以纸笔代喉舌，不惜工本，写信较勤。刊物的编者大抵是以写信为其主要职务之一，所以不在话下。因误会而恋爱的情人们，见面时眼睛都要迸出火星，一旦隔离，焉能不情急智生，烦邮差来传书递简？Herrick有句云："嘴唇只有在不能接吻时才肯歌唱。"同样的，情人们只有在不能喁喁私语时才要写信。情书是一种紧急救济，所以亦不在话下。我所说的爱写信的人，是指家人朋友之间聚散匆匆，暌违之后，有所见，有所闻，有所忆，有所感，不愿独秘，愿人分享，则乘兴奋笔，借通情愫。写信者并无所求，受信者但觉情谊蔼如，趣味盎然，不禁色起神往，在这心情之下，朋友的信可作为宋元人的小简读，家书亦不妨当作社会新闻看。看信之乐，莫过于此。

写信如谈话。痛快人写信，大概总是开门见山。若是开门见雾，模模糊糊，不知所云，则其人谈话亦必是丈八罗汉，令人摸不着头脑。我又曾接得另外一种信，突如其来，内容是讲学论道，洋洋洒洒，作者虽未要我代为保存，我则觉得责任太大，万一庋藏不慎，岂不就要湮没名文。老实讲，我是有收藏信件的癖好的，但亦略有抉择：多年老友，误入仕途，使用书记代笔者，不收；讨论人生观一类大题目者，不收；正文自第二页开始者，不收；用钢笔写在宣纸上，有如在吸墨纸上写字者，不收；横写或在左边写起者，不收；有加新式标点之必要者，不收；没有加新式标点之可能者，亦不收；恭楷者，不收；潦草者，亦不收；作者未归道山，即可公开发表者，不收；如果作者已归道山，而仍不可公开发表者，亦不收！……因为有这样许多限制，所以收藏不富。

信里面的称呼最足以见人情世态。有一位业教授的朋友告诉我，他常接到许多信件，开端如果是"夫子大人函丈"或"××老师钧鉴"，写信者必定是刚刚毕业或失业的学生，甚而至于并不是同时同院系的学生，其内容泰半是请求提携的意思。如果机缘凑巧，真个提携了他，以后他来信时便改称"××先生"了。若是机缘再凑巧，再加上铨叙合格，连米贴、房贴算在一起足够两个教授的薪水，他写起信来便干干脆脆地称兄道弟了！我的朋友言下不胜唏嘘，其实是他所见不广。师生关系，原属雇佣性质，焉能不受阶级升黜的影响？

书信写作西人尝称之为"最温柔的艺术"，其亲切细腻仅次于日记。我国尺牍，尤多精粹之作。但居今之世，心头萦绕者尽是米价涨落问题，一袋袋的邮件之中要捡出几篇雅丽可诵的文章来，谈何容易。

雅 舍

到四川来,觉得此地人建造房屋最是经济。火烧过的砖,常常用来做柱子,孤零零地砌起四根砖柱,上面盖上一个木头架子,看上去瘦骨嶙峋,单薄得可怜;但是顶上铺了瓦,四面编了竹篦墙,墙上敷了泥灰,远远地看过去,没有人能说不像是座房子。我现在住的"雅舍"正是这样一座典型的房子。不消说,这房子有砖柱,有竹篦墙,一切特点都应有尽有。讲到住房,我的经验不算少,什么"上支下摘"、"前廊后厦"、"一楼一底"、

"三上三下"、"亭子间"、"茅草棚"、"琼楼玉宇"和"摩天大厦",各式各样,我都尝试过。我不论住在哪里,只要住得稍久,对那房子便发生感情,非不得已我还舍不得搬。这"雅舍",我初来时仅求其能蔽风雨,并不敢存奢望,现在住了两个多月,我的好感油然而生。虽然我已渐渐感觉它是并不能蔽风雨,因为有窗而无玻璃,风来则洞若凉亭,有瓦而空隙不少,雨来则渗如滴漏。纵然不能蔽风雨,"雅舍"还是自有它的个性。有个性就可爱。

"雅舍"的位置在半山腰,下距马路约有七八十层的土阶。前面是阡陌螺旋的稻田。再远望过去是几抹葱翠的远山,旁边有高粱地,有竹林,有水池,有粪坑,后面是荒僻的榛莽未除的土山坡。若说地点荒凉,则月明之夕,或风雨之日,亦常有客到,大抵好友不嫌路远,路远乃见情谊。客来则先爬几十级的土阶,进得屋来仍须上坡,因为屋内地板乃依山势而铺,一面高,一面低,坡度甚大,客来无不惊叹,我则久而安之,每日由书房走到饭厅是上坡,饭后鼓腹而出是下坡,亦不觉有大不便处。

"雅舍"共是六间,我居其二。篦墙不固,门窗不严,故我与邻人彼此均可互通声息。邻人轰饮作乐,咿唔诗章,喁喁细语,以及鼾声、喷嚏声、吮汤声、撕纸声、脱皮鞋声,均随时由门窗户壁的隙处荡漾而来,破我岑寂。入夜则鼠子瞰灯,才一合眼,鼠子便自由行动,或搬核桃在地板上顺坡而下,或吸灯油而推翻烛台,或攀援而上帐顶,或在门框桌脚上磨牙,使得人不得安枕。但是对于鼠子,我很惭愧地承认,我"没有法子"。"没有法子"一语是被外国人常常引用着的,以为这话最足代表中国人的懒惰隐忍的态度。其实我的对付鼠子并不懒惰。窗上糊纸,纸一戳就破;门户关紧,而相鼠有牙,一阵咬便是一个洞洞。试问还有什么法子?洋鬼子住到"雅舍"里,不也是"没有法子"?比鼠子更骚扰的是蚊子。"雅舍"的蚊风之盛,是我前所未见的。"聚蚊成雷"真有其事!每当黄昏时候,满屋里磕头碰脑的全是蚊子,又黑又大,骨骼都像是硬的。在别处蚊子早已肃清的时候,在"雅舍"则格外猖獗,来客偶不留心,则两腿伤处累累隆起如玉蜀黍，但是我仍安之。冬天一到，蚊子自然绝迹，明年夏天——谁知道我还是住在"雅舍"！

"雅舍"最宜月夜——地势较高，得月较先。看山头吐月，红盘乍涌，一霎间，清光四射，天空皎洁，四野无声，微闻犬吠，坐客无不悄然！舍前有两株梨树，等到月升中天，清光从树间筛洒而下，地上阴影斑斓，此时尤为幽绝。直到兴阑人散，归房就寝，月光仍然逼进窗来，助我凄凉。细雨蒙蒙之际，"雅舍"亦复有趣。推窗展望，俨然米氏章法，若云若雾，一片弥漫。但若大雨滂沱，我就又惶悚不安了，屋顶湿印到处都有，起初如碗大，俄而扩大如盆，继则滴水乃不绝，终乃屋顶灰泥突然崩裂，如奇葩初绽，砉然一声而泥水下注，此刻满室狼藉，抢救无及。此种经验，已数见不鲜。

"雅舍"之陈设，只当得简朴二字，但洒扫拂拭，不使有纤尘。我非显要，故名公巨卿之照片不得入我室；我非牙医，故无博士文凭张挂壁间；我不业理发，故丝织西湖十景以及电影明星之照片亦均不能张我四壁。我有一几一椅一榻,酣睡写读,均已有着,我亦不复他求。但是陈设虽简,我却喜欢翻新布置。西人常常讥笑妇人喜欢变更桌椅位置,以为这是妇人天性喜变之一证。诬否且不论,我是喜欢改变的。中国旧式家庭,陈设千篇一律,正厅上是一条案,前面一张八仙桌,一旁一把靠椅,两旁是两把靠椅夹一只茶几。我以为陈设宜求疏落参差之致,最忌排偶。"雅舍"所有,毫无新奇,但一物一事之安排布置俱不从俗。人入我室,即知此是我室。笠翁《闲情偶寄》之所论,正合我意。

"雅舍"非我所有,我仅是房客之一。但思"天地者万物之逆旅",人生本来如寄,我住"雅舍"一日,"雅舍"即一日为我所有。即使此一日亦不能算是我有,至少此一日"雅舍"所能给予之苦辣酸甜,我实躬受亲尝。刘克庄词:"客里似家家似寄。"我此时此刻卜居"雅舍","雅舍"即似我家。其实似家似寄,我亦分辨不清。

长日无俚,写作自遣,随想随写,不拘篇章,冠以"雅舍小品"四字,以示写作所在,且志因缘。

窗 外

窗子就是一个画框,只是中间加些棂子,从窗子望出去,就可以看见一幅图画。那幅图画是妍是媸,是雅是俗,是闹是静,那就只好随缘。我今寄居海外,栖身于"白屋"楼上一角,临窗设几,作息于是,沉思于是,只有在抬头见窗的时候看到一幅幅的西洋景。现在写出窗外所见,大概是近似北平天桥之大金牙的拉大篇吧?

"白屋"是地地道道的一座刷了白颜色油漆的房屋,既没有白茅覆盖,也没有外露木材,说起来好像是韩诗外传里所谓的"穷巷白屋",其实只是一座方方正正的见棱见角的美国初期形式的建筑物。我拉开窗帘,首先看见的是一块好大好大的天。天为盖,地为舆,谁没看见过天?但是,不,以前住在人烟稠密天下第一的都市里,我看见的天仅是小小的一块,像是坐井观天,迎面是楼,左面是楼,右面是楼,后面还是楼,楼上不是水塔,就是天线,再不然就是五色缤纷的晒洗衣裳。井底蛙所见的天只有那么一点点。"白屋"地势荒僻,眼前没有遮拦,尤其是东边隔街是一个小学操场,绿草如茵,偶然有些孩子在那里蹦蹦跳跳;北边是一大块空地,长满了荒草,前些天还绽出一片星星点点的黄花,这些天都枯黄了,枯草里有几株参天的大树,有枞有枫,都直挺挺地稳稳地矗立着;南边隔街有两家邻居;西边也有一家。有一天午后,小雨方住,蓦然看见天空一道彩虹,是一百八十度完完整整的清清楚楚的一条彩带,所谓虹饮江皋,大概就是这个样子。虹销雨霁的景致,不知看过多少次,却没看过这样规模壮阔的虹。窗外太空旷了,有时候零雨潸潸,竟不见雨脚,

第四章 / 一个人的自由天地

不闻雨声，只见有人撑着伞，坡路上的水流成了渠。

路上的汽车往来如梭，而行人绝少。清晨有两个头发斑白的老者绕着操场跑步，跑得气咻咻的，不跑完几个圈不止，其中有一个还有一条大黑狗做伴。黑狗除了运动健身之外，当然不会轻易放过一根电线杆子而不留下一点记号，更不会不选一块芳草鲜美的地方施上一点肥料。天气晴和的时候常有十八九岁的大姑娘穿着斜纹布蓝工裤，光着脚在路边走，白皙的两只脚光光溜溜的，脚底板踩得脏兮兮，路上万一有个图钉或玻璃碴之类的东西，不知如何是好？日本的武者小路实笃曾经说起："传有久米仙人者，因逃情，入山苦修成道。一日腾云游经某地，见一浣纱女，足胫甚白，目眩神驰，凡念顿生，飘忽之间已自云头跌下。"（见周梦蝶诗《无题》附记）我不会从窗头跌下，因为我没有目眩神驰。我只是想：裸足走路也算是年轻一代之反传统反文明的表现之一，以后恐怕还许有人要手脚着地爬着走，或索性倒竖蜻蜓用两只手走路，岂不更为彻底更为前进？至于长头发大胡子的男子现在已经到处皆是,甚至我们中国人也有沾染这种习气的(包括一些学生与餐馆侍者),习俗移人,一至于此!

星期四早晨清除垃圾,也算是一景。这地方清除垃圾的工作不由官办,而是民营。各家的垃圾贮藏在几个铅铁桶里,上面有盖,到了这一天则自动送到门前待取。垃圾车来,并没有八音琴乐,也没有叱咤吆喝之声,只闻稀里哗啦的铁桶响。车上一共两个人,一律是彪形黑大汉,一个人搬铁桶往车里掼,另一个司机也不闲着,车一停他也下来帮着搬,而且两个人都用跑步,一点也不从容。垃圾掼进车里,机关开动,立即压绞成为碎磕,要想从垃圾里拣出什么瓶瓶罐罐的分门别类地放在竹篮里挂在车厢上,殆无可能。每家月纳清洁费二元七角钱,包商叫苦,要求各家把铁桶送到路边,节省一些劳力,否则要加价一元。

公共汽车的一个招呼站就在我的窗外。车里没有车掌,当然也就没有晚娘面孔。所有开门,关门,收钱,擎给转站票,全由司机一人兼理。幸亏坐车的人不多,司机还有闲情逸致和乘客说声早安。二十分钟左右过一班车,当然是亏本生意,但是贴本也要维持。每一班车都是疏疏落落的三五个客人,凄凄清清惨惨。许多乘客是老年人,目视昏花,手脚失灵,耳听聋聩,反应迟缓,公共汽车是他们唯一的交通工具。也有按时上班的年轻人搭乘,大概是怕城里没处停放汽车。有一位工人模样的候车人,经常准时在我窗下出现,从容打开食盒,取出热水瓶,喝一杯咖啡,然后登车而去。

我没有看见过一只过街鼠,更没看见过老鼠肝脑涂地地陈尸街心。狸猫多得很,几乎个个是肥头胖脑的,毛也泽润。猫有猫食,成瓶成罐地在超级市场的货架上摆着。猫刷子、猫衣服、猫项链、猫清洁剂,百货店里都有。我几乎每天看见黑猫白猫在北边荒草地里时而追逐,时而亲昵,时而打滚。最有趣的是松鼠,弓着身子一蹿一蹿地到处乱跑,一听到车响,仓促地爬上枞枝。窗下放着一盘鸟食、黍米之类,麻雀群来果腹,红襟鸟则望望然去之,它茹荤,它要吃死的蛞蝓活的蚯蚓。

窗外所见的约略如是。王粲登楼,一则曰:"虽信美而非吾土兮,曾何足以少留!"再则曰:"昔尼父之在陈兮,有归欤之叹音。钟仪幽而楚奏兮,庄舄显而越吟。人情同于怀土兮,岂穷达而异心?"临楮凄怆,吾怀吾土。

书 房

书房,多么典雅的一个名词!很容易令人联想到一个书香人家。书香是与铜臭相对的。其实书未必香,铜亦未必臭。周彝商鼎,古色斑斓,终日摩挲亦不觉其臭,铸成钱币才沾染市侩味,可是不复流通的布泉刀错又常为高人赏玩之资。书之所以为香,大概是指松烟油墨印上了毛边连史,从不大通风的书房里散发出来的那一股怪味,不是桂馥兰薰,也不是霉烂馊臭,是一股混合的难以形容的怪味。这种怪味只有书房里才有,而只有士大夫人家才有书房。书香人家之得名大概是以此。

寒窗之下苦读的学子多半是没有书房,囊萤凿壁的就更不用说。所以对于寒苦的读书人,书房是可望而不可即的豪华神仙世界。伊士珍《琅嬛记》:"张华游于洞宫,遇一人引至一处,别是天地,每室各有奇书,华历观诸室书,皆汉以前事,多所未闻者,问其地,曰:'琅嬛福地也。'"这是一位读书人希求冥想一个理想的读书之所,乃托之于神仙梦境。其实除了赤贫的人饔飧不继谈不到书房外,一般的读书人,如果肯要一个书房,还是可以好好布置出一个来的。有人分出一间房子养来亨鸡,也有人分出一间房子养狗,就是匀不出一间做书房。我还见过一位富有的知识分子,他不但没有书房,也没有书桌,我亲见他的公子趴在地板上读书,他的女公子用一块木板在沙发上写字。

一个正常的良好的人家,每个孩子应该拥有一个书桌,主人应该拥有一间书房。书房的用途是庋藏图书并可读书写作于其间,不是用以公开展览借以骄人的。"丈夫拥有万卷书,何假南面百城!"这种话好像是很潇洒而狂傲,其实是心尚未安无可奈何的解嘲语,徒见其不丈夫。书房不在大,亦不在设备佳,适合自己的需要便是,局促在几尺宽的走廊一角,只要放得下一张书桌,依然可以作为一个读书写作的工厂,大量出货。光线要好,空气要流通,红袖添香是不必要的,既没有香,"素腕举,红袖长"反倒会令人心有别注。书房的大小好坏,和一个读书写作的成绩之多少高低,往往不成正比例。有好多著名作品是在监狱里写的。

我看见过的考究的书房当推宋春舫先生的褐木庐为第一,在青岛的一个小小的山头上,这书房并不与其寓邸相连,是单独的一栋。环境清幽,只有鸟语花香,没有尘嚣市扰。《太平清话》:"李德茂环积坟籍,名曰书城。"我想那书城未必能和褐木庐相比。在这里,所有的图书都是放在玻璃柜里,柜比人高,但不及栋。我记得藏书是以法文戏剧为主。所有的书都是精装,不全是buckram(胶硬粗布),有些是真的小牛皮装订(half calf, ooze calf, etc.），烫金的字在书脊上排着队闪闪发亮。也许这已经超过了书房的标准，微近于藏书楼的性质，因为他还有一册精印的书目，普通的读书人谁也不会把他书房里的图书编目。

周作人先生在北平八道湾的书房，原名苦雨斋，后改为苦茶庵，不离苦的味道。小小的一幅横额是沈尹默写的。是北平式的平房，书房占据了里院上房三间，两明一暗。里面一间是知堂老人读书写作之处，偶然也延客品茗，几净窗明，一尘不染。书桌上文房四宝井然有致。外面两间像是书库，约有十个八个书架立在中间，图书中西兼备，日文书数量很大。真不明白苦茶庵的老和尚怎么掉进了泥淖一辈子洗不清！

闻一多的书房，和"闻一多先生的书桌"一样，充实、有趣而乱。他的书全是中文书，而且几乎全是线装书。在青岛的时候，他仿效青岛大学图书馆庋藏中文图书的办法，给成套的中文书装制蓝布面，用白粉写上宋体字的书名，直立在书架上。这样的装备应该是很整齐可观，

第四章 一个人的自由天地

但是主人要做考证,东一部西一部的图书便要从书架上取下来参加獭祭的行列了,其结果是短榻上、地板上,唯一的一把木根雕制的太师椅上,全都是书。那把太师椅玲珑梆硬,可以入画,不宜坐人,其实亦不宜于堆书,却是他书斋中最惹眼的一个点缀。

潘光旦在清华南院的书房另有一种情趣。他是以优生学专家的素养来从事我国谱牒学研究的学者,他的书房收藏这类图书极富。他喜欢用书樌,那就是用两块木板将一套书夹起来,立在书架上。他在每套书系上一根竹制的书签,签上写着书名。这种书签实在很别致,不知杜工部《将赴草堂途中有作》所谓"书签药裹封蛛网"的书签是否即系此物。光旦一直在北平,失去了学术研究的自由,晚年丧偶,又复失明,想来他书房中那些书签早已封尘网了!

汗牛充栋,未必是福。丧乱之中,牛将安觅?多少爱书的人士都把他们苦心聚集的图书抛弃了,而且再也鼓不起勇气重建一个像样的书房。藏书而充栋,确有其必要,例如从前我家有一部小字本的图书集成，摆满上与梁齐的靠着整垛山墙的书架，取上层的书须用梯子，爬上爬下很不方便，可以充栋的书架有时仍是不可少。我来台湾后，一时兴起，兴建了一个连在墙上的大书架，邻居绸缎商来参观，叹曰："造这样大的木架有什么用，给我摆列绸缎尺头倒还合用。"他的话是不错的，书不能令人致富。书还给人带来麻烦，能像郝隆那样七月七日在太阳底下晒肚子就好，否则不堪衣食之扰，真不如尽量地把图书塞入腹笥，晒起来方便，运起来也方便。如果图书都能做成"显微胶片"纳入腹中，或者放映在脑子里，则书房就成为不必要的了。

旅 行

我们中国人是最怕旅行的一个民族。闹饥荒的时候都不肯轻易逃荒，宁愿在家乡吃青草啃树皮吞观音土，生怕离乡背井之后，在旅行中流为饿殍，失掉最后的权益——寿终正寝。至于席丰履厚的人更不愿轻举妄动，墙上挂一张图画，看看就可以当"卧游"，所谓"一动不如一静"。说穿了"太阳下没有新鲜事物"。号称山川形胜，还不是几堆石头一汪子水？我记得做小学生的时候，郊外踏青，是一桩心跳的事，多早就筹备，起个大早，排成队伍，擎着校旗，鼓乐前导，事后下星期还得作一篇《远足记》，才算功德圆满。旅行一次是如此的庄严！我的外祖母，一生住在杭州城内，八十多岁，没有逛过一次西湖，最后总算去了一次，但是自己不能行走，抬到了西湖，就没有再回来——葬在湖边山上。

古人云："一生能着几两屐？"这是劝人及时行乐，莫怕多费几双鞋。但是旅行果然是一桩乐事吗？其中是否含着有多少苦恼的成分呢？

出门要带行李，那一个几十斤重的五花大绑的铺盖卷儿便是旅行者的第一道难关。要捆得紧，要捆得俏，要四四方方，要见棱见角，与稀松露馅的大包袱要迥异其趣，这已经就不是一个手无缚鸡之力的人所能胜任的了。关卡上偏有好奇人要打开看看，看完之后便很难得再复原。"乘兴而来，兴尽而返。"很多人在打完铺盖卷儿之后就觉得游兴已尽了。在某些国度里，旅行是不需要携带铺盖的，好像凡是有床的地方就有被褥，有被褥的地方就有随时洗换的被单——旅客可以无牵无挂，不必像蜗牛

第四章／一个人的自由天地

似的顶着安身的家伙走路。携带铺盖究竟还容易办得到，但是没听说过带着床旅行的，天下的床很少没有臭虫设备的。我很怀疑一个人于整夜输血之后，第二天还有多少精神游山逛水。我有一个朋友发明了一种服装，按着他的头躯四肢的尺寸做了一件天衣无缝的睡衣，人钻在睡衣里面，只留眼前两个窟窿，和外界完全隔绝——只是那样子有些像是KKK，夜晚出来曾经几乎吓死一个人！

原始的交通工具，并不足为旅客之苦。我觉得"滑竿""架子车"都比飞机有趣。"御风而行，泠然善也，"那是神仙生涯。在尘世旅行，还是以脚能着地为原则。我们要看朵朵的白云，但并不想在云隙里钻出钻进；我们要"横看成岭侧成峰，远近高低各不同"，但并不想把世界缩小成假山石一般玩物似的来欣赏。我惋惜弥尔顿所称述的中土有"挂帆之车"尚不曾坐过。交通工具之原始不是病，病在于舟车之不易得，车夫舟子之不易缠，"衣帽自看"固不待言，还要提防青纱帐起。刘伶"死便埋我"，也不是准备横死。

旅行虽然夹杂着苦恼，究竟有很大的乐趣在。旅行是一种逃避——逃避人间的丑恶。"大隐藏人海"，我们不是大隐，在人海里藏不住。岂但人海里安不得身？在家园也不容易遁迹。成年地圈在四合房里，不必仰屋就要兴叹；成年地看着家里的那一张脸，不必牛衣也要对泣。家里面所能看见的那一块青天，只有那么一大块。取之不尽用之不竭的清风明月，在家里都不能充分享用，要放风筝需要举着竹竿爬上房脊，要看日升月落需要左右邻居没有遮拦。走在街上，熙熙攘攘，磕头碰脑的不是人面兽，就是可怜虫。在这种情形之下，我们虽无勇气披发入山，至少为什么不带着一把牙刷捆起铺盖出去旅行几天呢？在旅行中，少不了风吹雨打，然后倦飞知还，觉得"在家千日好，出门一时难"，这样便可以把那不可容忍的家变成为暂时可以容忍的了。下次忍耐不住的时候，再出去旅行一次。如此地折腾几回，这一生也就差不多了。

旅行中没有不感觉枯寂的，枯寂也是一种趣味。哈兹里特（Hazlitt）主张在旅行时不要伴侣，因为："如果你说路那边的一片豆田有股香味，你的伴侣也许闻不见。如果你指着远处的一件东西，你的伴侣也许是近视的，还得戴上眼镜看。"一个不合意的伴侣，当然是累赘。但是人是个奇怪的动物，人太多了嫌闹，没人陪着嫌闷。耳边嘈杂怕吵，整天咕嘟着嘴又怕口臭。旅行是享受清福的时候，但是也还想拉上个伴。只有神仙和野兽才受得住孤独。在社会里我们觉得面目可憎、语言无味的人居多，避之唯恐或晚，在大自然里又觉得人与人之间是亲切的。到美国落基山上旅行过的人告诉我，在山上若是遇见另一个旅客，不分男女老幼，一律脱帽招呼，寒暄一两句。这是很有意味的一个习惯。大概只有在旷野里我们才容易感觉到人与人是属于一门一类的动物，平常我们太注意人与人的差别了。

真正理想的伴侣是不易得的。客厅里的好朋友不见得即是旅行的好伴侣，理想的伴侣须具备许多条件，不能太脏，如嵇叔夜"头面常一月十五日不洗，不太闷痒不能沐"，也不能有洁癖，什么东西都要用火酒揩；不能如泥塑木雕,如死鱼之不张嘴,也不能终日喋喋不休,整夜鼾声不已;不能油头滑脑,也不能蠢头呆脑。要有说有笑,有动有静,静时能一声不响地陪着你看行云,听夜雨,动时能在草地上打滚像一条活鱼!这样的伴侣哪里去找?

下 棋

有一种人我最不喜欢和他下棋,那便是太有涵养的人。杀死他一大块,或是抽了他一个车,他神色自若,不动火,不生气,好像是无关痛痒,使你觉得索然寡味。君子无所争,下棋却是要争的。当你给对方一个严重威胁的时候,对方的头上青筋暴露,黄豆般的汗珠一颗颗地在额上陈列出来,或哭丧着脸做惨笑,或咕嘟着嘴做吃屎状,或抓耳挠腮,或大叫一声,或长吁短叹,或自怨自艾口中念念有词,或一串串的噎嗝打个不休,或红头涨脸如关公，种种现象，不一而足，这时节你"行有余力"便可以点起一支烟，或啜一碗茶，静静地欣赏对方的苦闷的象征。我想猎人追逐一只野兔的时候，其愉快大概略相仿佛。因此我悟出一点道理，和人下棋的时候，如果有机会使对方受窘，当然无所不用其极，如果被对方所窘，便努力做出不介意状，因为既不能积极地给对方以痛苦，只好消极地减少对方的乐趣。

自古博弈并称，全是属于赌的一类，而且只是比"饱食终日无所用心"略胜一筹而已。不过弈虽小术，亦可观人，相传有慢性人，见对方走当头炮，便左思右想，不知是跳左边的马好，还是跳右边的马好，想了半个钟头而迟迟不决，急得对方拱手认输。是有这样的慢性人，每一招都要考虑，而且是加慢地考虑，我常想这种人如加入龟兔竞赛，也必定可以获胜。也有性急的人，下棋如赛跑，噼噼啪啪，草草了事，这仍是饱食终日无所用心的一贯作风。下棋不能无争，争的范围有大有小，有斤斤计较而因小失大者，有不拘小节而眼观全局者，有短兵相接作

第四章 / 一个人的自由天地

生死斗者，有各自为战而旗鼓相当者，有赶尽杀绝一步不让者，有好勇斗狠同归于尽者，有一面下棋一面诟骂者，但最不幸的是争的范围超出了棋盘，而拳足交加。有下象棋者，久而无声响，排闼视之，阒不见人，原来他们是在门后角里扭作一团，一个人骑在另一个人的身上，在他的口里挖车呢。被挖者不敢出声，出声则口张，口张则车被挖回，挖回则必悔棋，悔棋则不得胜，这种认真的态度憨得可爱。我曾见过二人手谈，起先是坐着，神情潇洒，望之如神仙中人，俄而棋势吃紧，两人都站起来了，剑拔弩张，如斗鹌鹑，最后到了生死关头，两个人都跳到桌上去了！

笠翁《闲情偶寄》说弈棋不如观棋，因观者无得失心，观棋是有趣的事，如看斗牛、斗鸡、斗蟋蟀一般，但是观棋也有难过之处，观棋不语是一种痛苦。喉间硬是痒得出奇，思一吐为快。看见一个人要入陷阱而不作声是几乎不可能的事，如果说得中肯，其中一个人要厌恨你，暗暗地骂一声："多嘴驴！"另一个人也不感激你，心想：

"难道我还不晓得这样走！"如果说得不中肯，两个人要一齐嗤之以鼻："无见识奴！"如果根本不说，憋在心里，受病。所以有人于挨了一个耳光之后还要抚着热辣辣的嘴巴大呼："要抽车！要抽车！"

下棋只是为了消遣，其所以能使这样多人嗜此不疲者，是因为它颇合于人类好斗的本能，这是一种"斗智不斗力"的游戏。所以瓜棚豆架之下，与世无争的村夫野老不免一枰相对，消此永昼；闹市茶寮之中，常有有闲阶级的人士下棋消遣，"不为无益之事，何以遣此有涯之生？"宦海里翻过身最后隐退东山的大人先生们，髀肉复生，而英雄无用武之地，也只好闲来对弈，了此残生，下棋全是"剩余精力"的发泄。人总是要斗的，总是要钩心斗角地和人争逐的。与其和人争权夺利，还不如在棋盘上多占几个官，与其招摇撞骗，还不如在棋盘上抽上一车。宋人笔记曾载有一段故事："李讷仆射，性卞急，酷好弈棋，每下子安详，极于宽缓，往往躁怒作，家人悲则密以弈具陈于前，讷睹，便忻然改容，以取其子布弄，都忘其恚矣。"(《南部新书》)下棋,有没有这样陶冶性情之功,我不敢说,不过有人下起棋来确实是把性命都可置诸度外。我有两个朋友下棋,警报作,不动声色,俄而弹落,棋子被震得在盘上跳荡,屋瓦乱飞,其中一位棋瘾较小者变色而起,被对方一把拉住:"你走!那就算是你输了。"此公深得棋中之趣。

饮　酒

酒实在是妙，几杯落肚之后就会觉得飘飘然、醺醺然。平素道貌岸然的人，也会绽出笑脸；一向沉默寡言的人，也会议论风生。再灌下几杯之后，所有的苦闷烦恼全都忘了，酒酣耳热，只觉得意气飞扬，不可一世，若不及时知止，可就难免玉山颓欹，剧吐纵横，甚至撒疯骂座，以及种种的酒失酒过全部地呈现出来。莎士比亚的《暴风雨》里的卡力班，那个象征原始人的怪物，初尝酒味，觉得妙不可言，以为把酒给他喝的那个人是自天而降，以为酒是甘露琼浆，不是人间所有物。美洲印第安人初与白人接触，就是被酒所倾倒，往往不惜举土地畀人以交换一些酒浆。印第安人的衰灭，至少一部分是由于他们的荒腆于酒。

我们中国人饮酒，历史久远。发明酒者，一说是仪狄，又说是杜康。仪狄夏朝人，杜康周朝人，相距很远，总之是无可稽考。也许制酿的原料不同、方法不同，所以仪狄的酒未必就是杜康的酒。尚书有《酒诰》之篇，谆谆以酒为戒，一再地说"祀兹酒"（停止这样的喝酒），"无彝酒"（勿常饮酒），想见古人饮酒早已相习成风，而且到了"大乱丧德"的地步。三代以上的事多不可考，不过从汉起就有酒榷之说，以后各代因之，都是课税以裕国帑，并没有寓禁于征的意思。酒很难禁绝，美国一九二○年起实施酒禁，雷厉风行，依然到处都有酒喝。当时笔者道出纽约，有一天友人邀我食于某中国餐馆，入门直趋后室，索五加皮，开怀畅饮。忽警察闯入，友人止予勿惊。这位警察徐徐就座，解手枪，锵然置于桌上，索五加皮独酌,不久即伏案酣睡。一九三三年酒禁废,直如一场儿戏。民之所好,非政令所能强制。在我们中国,汉萧何造律:"三人以上无故群饮,罚金四两。"此律不曾彻底实行。事实上,酒楼妓馆处处笙歌,无时不飞觞醉月。文人雅士水边修禊,上山登高,一向离不开酒。名士风流,以为持螯把酒,便足了一生,甚至于酗饮无度,扬言"死便埋我",好像大量饮酒不是什么不很体面的事,真所谓"酗于酒德"。

对于酒,我有过多年的体验。第一次醉是在六岁的时候,侍先君饭于致美斋(北平煤市街路西)楼上雅座,窗外有一棵不知名的大叶树,随时簌簌作响。连喝几盅之后,微有醉意,先君禁我再喝,我一声不响站立在椅子上舀了一匙高汤,泼在他的一件两截衫上。随后我就倒在旁边的小木炕上呼呼大睡,回家之后才醒。我的父母都喜欢酒,所以我一直都有喝酒的机会。"酒有别肠,不必长大",语见《十国春秋》,意思是说酒量的大小与身体的大小不必成正比例,壮健者未必能饮,瘦小者也许能鲸吸。我小时候就是瘦弱如一根绿豆芽。酒量是可以慢慢磨炼出来的,不过有其极限。我的酒量不大,我也没有亲见过一般人所艳称的那种所谓海量。古代传说"文王饮酒千钟,孔子百觚",王充《论衡·语增篇》就大加驳斥,他说:"文王之身如防风之君,孔子之体如长狄之人,乃能堪之。"且"文王孔子率礼之人也",何至于醉酗乱身?就我孤陋的见闻所及,无论是"青州从事"或"平原督邮",大抵白酒一斤或黄酒三五斤即足以令任何人头昏目眩、粘牙倒齿。唯酒无量,以不及于乱为度,看各人自制力如何耳。不为酒困,便是高手。

酒不能解忧,只是令人在由兴奋到麻醉的过程中暂时忘怀一切。即刘伶所谓"无思无虑,其乐陶陶"。可是酒醒之后,所谓"忧心如酲",那份病酒的滋味很不好受,所付代价也不算小。我在青岛居住的时候,那地方背山面海,风景如绘,在很多人心目中是最理想的卜居之所,唯一缺憾是很少文化背景,没有古迹耐人寻味,也没有适当的娱乐。看山观海,久了也会腻烦,于是呼朋聚饮,三日一小饮，五日一大宴，豁拳行令，三十斤花雕一坛，一夕而罄。七名酒徒加上一位女史，正好八仙之数，乃自命为酒中八仙。有时且结伙远征，近则济南，远则南京、北京，不自谦抑，狂言"酒压胶济一带，拳打南北二京"，高自期许，俨然豪气干云的样子。当时作践了身体，这笔账日后要算。一日，胡适之先生过青岛小憩，在宴席上看到八仙过海的盛况大吃一惊，急忙取出他太太给他的一个金戒指，上面镌有"戒"字，戴在手上，表示免战。过后不久，胡先生就写信给我说："看你们喝酒的样子，就知道青岛不宜久居，还是到北京来吧！"我就到北京去了。现在回想当年酗酒，哪里算得是勇，真是狂。

酒能削弱人的自制力，所以有人酒后狂笑不止，也有人痛哭不已，更有人口吐洋语滔滔不绝，也许会把平素不敢告人之事吐露一二，甚至把别人的阴私也当众抖露出来。最令人难堪的是强人饮酒，或单挑，或围剿，或投下井之石，千方万计要把别人灌醉，有人诉诸武力，捏着人家的鼻子灌酒！这也许是人类长久压抑下的一部分兽性之发泄，企图获取胜利的满足，比拿起石棒给人迎头一击要文明一些而已。那咄咄逼人的声嘶力竭的豁拳，在赢拳的时候，那一声拖长了的绝叫，也是表示内心的一种满足。在别处得不到满足，就让他们在聚饮的时候如愿以偿吧！只是这种闹饮，以在有隔音设备的房间里举行为宜，免得侵扰他人。

《菜根谭》所谓"花看半开，酒饮微醺"的趣味，才是最令人低徊的境界。

中 年

　　钟表上的时针是在慢慢地移动着的,移动得如此之慢,使你几乎不感觉到它的移动。人的年纪也是这样的,一年又一年,总有一天你会蓦然一惊,已经到了中年,到这时候大概有两件事使你不能不注意。讣闻不断地来,有些性急的朋友已经先走一步,很煞风景,同时又会忽然觉得一大批一大批的青年小伙子在眼前出现,从前也不知是在什么地方藏着的,如今一齐在你眼前摇晃,磕头碰脑的尽是些昂然阔步满面春风的角色,都像是要去吃喜酒的样子。自己的伙伴一个个地都入蛰了,把世界交给了青年人。所谓"耳畔频闻故人死,眼前但见少年多",正是一般人中年的写照。

从前杂志背面常有"韦廉士红色补丸"的广告,画着一个憔悴的人,弓着身子,手拊在腰上,旁边注着"图中寓意"四字。那寓意对于青年人是相当深奥的。可是这幅图画都常在一般中年人的脑里涌现,虽然他不一定想吃"红色补丸",那点寓意他是明白的了。一根黄松的柱子,都有弯曲倾斜的时候,何况是二十六块碎骨头拼凑成的一条脊椎?年轻人没有不好照镜子的,在店铺的大玻璃窗前照一下都是好的,总觉得大致上还有几分姿色。这顾影自怜的习惯逐渐消失,以至于有一天偶然揽镜,突然发现额上刻了横纹,那线条是显明而有力的,像是吴道子的"莼菜描",心想那是抬头纹,可是低头也还是那样。再一细看头顶上的头发有搬家到腮旁颔下的趋势,而最令人怵目惊心的是,鬓角上发现几根白发,这一惊非同小可,平素一毛不拔的人到这时候也不免要狠心地把它拔去,拔毛连茹，头发根上还许带着一颗鲜亮的肉珠。但是没有用，岁月不饶人！

一般的女人到了中年，更着急。哪个年轻女子不是饱满丰润得像一颗牛奶葡萄，一弹就破的样子？哪个年轻女子不是玲珑矫健得像一只燕子，跳动得那么轻灵？到了中年，全变了。曲线还存在，但满不是那么回事，该凹入的部分变成了凸出，该凸出的部分变成了凹入，牛奶葡萄要变成为金丝蜜枣，燕子要变鹌鹑。最暴露在外面的是一张脸，从"鱼尾"起皱纹撒出一面网，纵横辐辏，疏而不漏，把脸逐渐织成一幅铁路线最发达的地图，脸上的皱纹已经不是熨斗所能烫得平的，同时也不知怎么在皱纹之外还常常加上那么多的苍蝇屎。所以脂粉不可少。除非粪土之墙，没有不可圬的道理。在原有的一张脸上再罩上一张脸，本是最简便的事。不过在上妆之前下妆之后，容易令人联想起《聊斋志异》的那一篇《画皮》而已。女人的肉好像最禁不起地心的吸力，一到中年便一齐松懈下来往下堆摊，成堆的肉挂在脸上，挂在腰边，挂在踝际。听说有许多西洋女子用擀面杖似的一根棒子早晚浑身乱搓,希望把浮肿的肉压得结实一点,又有些人干脆忌食脂肪忌食淀粉,扎紧裤带,活生生地把自己"饿"回青春去。有多少效果,我不知道。

别以为人到中年,就算完事。不,譬如登临,人到中年像是攀跻到了最高峰。回头看看,一串串的小伙子正在"头也不回呀,汗也不揩"地往上爬。再仔细看看,路上有好多块绊脚石,曾把自己磕碰得鼻青脸肿,有好多处陷阱,使自己做了若干年的井底之蛙。回想从前,自己做过扑灯蛾,惹火焚身,自己做过撞窗户纸的苍蝇,一心想奔光明,结果落在粘苍蝇的胶纸上!这种种景象的观察,只有站在最高峰上才有可能。向前看,前面是下坡路,好走得多。

施耐庵《水浒》序云:"人生三十未娶,不应再娶;四十未仕,不应再仕。"其实"娶""仕"都是小事,不娶不仕也罢,只是这种说法有点中途弃权的意味,西谚云:"人的生活在四十才开始。"好像四十以前,不过是几出配戏,好戏都在后面。我想这与健康有关。吃窝头米糕长大的人，拖到中年就算不易，生命力已经蒸发殆尽。这样的人焉能再娶？何必再仕？服"维他赐保命"都嫌来不及了。我看见过一些得天独厚的男男女女，年轻的时候愣头愣脑的，浓眉大眼，生僵挺硬，像是一些又青又涩的毛桃子，上面还带着挺长的一层毛。他们是未经琢磨过的璞石。可是到了中年，他们变得润泽了，容光焕发，脚底下像是有了弹簧，一看就知道是内容充实的。他们的生活像是在饮窖藏多年的陈酿，浓而芳洌！对于他们，中年没有悲哀。

四十开始生活，不算晚，问题在"生活"二字如何诠释。如果年届不惑，再学习溜冰踢毽子放风筝，"偷闲学少年"，那自然有如秋行春令，有点勉强。半老徐娘，留着"刘海"，躲在茅房里穿高跟鞋当作踩高跷般地练习走路，那也是惨事。中年的妙趣，在于相当的认识人生，认识自己，从而做自己所能做的事，享受自己所能享受的生活。科班的童伶宜于唱全本的大武戏，中年的演员才能担得起大出的轴子戏，只因他到中年才能真懂得戏的内容。

好书谈

从前有一个朋友说,世界上的好书,他已经读尽,似乎再没有什么好书可看了。当时许多别的朋友不以为然,而较长一些的朋友就更以为狂妄。现在想想,却也有些道理。

世界上的好书本来不多,除非爱书成癖的人(那就像抽鸦片抽上瘾一样的),真正心悦诚服地手不释卷,实在有些稀奇。还有一件最令人气短的事,就是许多最伟大的作家往往没有什么凭借,但却做了后来二三流的人的精神上的财源了。柏拉图、孔子、屈原,他们一点一滴,都是人类的至宝,可是要问他们从谁学来的,或者读什么人的书而成就如此,恐怕就是最善于说谎的考据家也束手无策。这事有点怪!难道真正伟大的作家,读书不读书没有什么关系吗?读好书或读坏书也没有什么影响吗?

叔本华曾经说好读书的人就好像惯于坐车的人,久而久之,就不能在思想上迈步了。这真唤醒人的不小迷梦!小说家瓦塞曼竟又说过这样的话,认为倘若为了要鼓起创作的勇气,只有读二流的作品。因为在读二流的作品的时候,他可以觉得只要自己一动手就准强。倘读第一流的作品却往往教人减却了下笔的胆量。这话也不能说没有部分真理。

也许世界上天生有种人是作家,有种人是读者。这就像天生有种人是演员,有种人是观众;有种人是名厨,有种人却是所谓老饕。演员是不是十分热心看别人的戏,名厨是不是爱尝别人的菜,我也许不能十分确切地肯定,但我见过一些作家,却确乎不大爱看别人的作品。如果是同时代的人,更如果是和自己的名气不相上下的人,大概尤其不愿意寓目。我见过一个名小说家,他的桌上空空如也,架上仅有的几本书是他自己的新著,以及自己所编过的期刊。我也曾见过一个名诗人(新诗人),他的唯一读物是《唐诗三百首》,而且在他也尽有多余之感了。这也不一定只是由于高傲,如果分析起来,也许是比高傲还复杂的一种心理。照我想,也许是真像厨子(哪怕是名厨),天天看见油锅油勺,就腻了。除非自己逼不得已而下厨房,大概再不愿意去接触这些家伙,甚而不愿意见一些使他可以联想到这些家伙的物事。职业的辛酸,也有时是外人不晓得的。唐代的阎立本不是不愿意自己的儿子再做画师么?以教书为生活的人,也往往看见别人在声嘶力竭地讲授,就会想到自己,于是觉得"惨不忍闻"。做文章更是一桩呕心血的事,成功失败都要有一番产痛,大概因此之故不忍读他人的作品了。

撇开这些不说,站在一个纯粹读者的角度而论,却委实有好书不多的实感。分量多的书,糟粕也就多。读读杜甫的选集十分快意,虽然有些佳作也许漏过了选者的眼光。读全集怎么样?教人头痛的作品依然不少。据说有把全集背诵一字不遗的人,我想这种人不是缺乏美感,就只是为了训练记忆。顶讨厌的集子更无过于陆放翁,分量那么大,而佳作却真寥若晨星。反过来,《古诗十九首》、郭璞《游仙诗》十四首却不能不教人公认为人类的珍珠宝石。钱锺书的小说里曾说到一个产量大的作家,在房屋恐慌中,忽然得到一个新居,满心高兴,谁知一打听,才知道是由于自己的著作汗牛充栋的结果,把自己原来的房子压塌,而一直落在地狱里了。这话诚然有点刻薄,但也许对于像陆放翁那样不知趣的笨伯有一点点儿益处。

古今来的好书,假若让我挑选,我举不出十部。而且因为年龄环境的不同,也不免随时有些更易。单就目前论,我想是:《柏拉图对话集》《论语》《史记》《世说新语》《水浒传》《庄子》《韩非子》,如此而已。其他的书名,我就有些踌躇了。或者有人问:你自己的著作可以不可以列上？我很悲哀，我只有毫不踌躇地放弃附骥之想了。一个人有勇气（无论是糊涂或欺骗）是可爱的，可惜我不能像上海某名画家，出了一套世界名画选集，却只有第一本，那就是他自己的"杰作"！

了生死

信佛的人往往要出家。出家所为何来?据说是为了一大事因缘,那就是要"了生死"。在家修行,其终极目的也是为了要"了生死"。生死是一件事,有生即有死,有死方有生,"了"即是"了断"之意。生死流转,循环不已,是为轮回,人在轮回之中,纵不堕入恶趣,生老病死四苦煎熬亦无乐趣可言。所以信佛的人要了生死,超出轮回,证无生法忍。出家不过是一个手段,习静也不过是一个手段。

第四章 一个人的自由天地

但是生死果然能够了断吗？我常想，生不知所从来，死不知何处去，生非心甘，死非情愿，所谓人生只是生死之间短短的一橛。这种看法正是佛家所说"分段苦"。我们所能实际了解的也正是这样。波斯诗人峨谟伽耶姆的四行诗恰好说出了我们的感觉：

Into this universe, and why not knowing,

Nor Whence, like water willy-nilly flowing:

And out of it, as wind along the waste,

I know not whither, willy-nilly blowing.

不知为什么，亦不知来自何方，

就来到这世界，像水之不自主地流；

而且离了这世界，不知向哪里去，

像风在原野，不自主地吹。

"我来如流水，去如风。"这是诗人对人生的体会。

所谓生死，不了断亦自然了断，我们是无能为力的。我们来到这世界，并未经我们同意，我们离开这世界，也将不经我们同意。我们是被动的。

人死了之后是不是万事皆空呢？死了之后是不是还有生活呢？死了之后是不是还有轮回呢？我只能说不知道。使哈姆雷特踌躇不决的也正是这一种怀疑。按照佛家的学说，"断灭相"绝非正知解。一切的宗教都强调死后的生活，佛教则特别强调轮回。我看世间一切有情，是有一个新陈代谢的法则，是有遗传嬗递的迹象，人恐怕也不是例外，长江后浪推前浪，一代新人代旧人，如是而已。又看佛书记载轮回的故事，大抵荒诞不经，可供谈助，兼资劝世，是否真有其事殆不可考。如果轮回之说尚难证实，则所谓了生死之说也只是可望而不可即的一个理想了。

我承认佛家了生死之说是一崇高理想。为了希望达到这个理想，佛教徒制定许多戒律，所谓根本五戒，沙弥十戒，比丘二百五十戒，这还都是所谓"事戒"，菩萨十重四十八轻戒之"性戒"尚不在内。这些戒律都是要我们在此生此世来身体力行的。能彻底实行戒律的人方有希望达到"外息诸缘，内心无喘"的境界。只有切实地克制情欲，方能逐渐地做到"情枯智讫"的功夫。所有的宗教无不强调克己的修养，斩断情根，裂破俗网，然后才能湛然寂静，明心见性。就是佛教所斥为外道的种种苦行，也无非是戒的意思，不过做得过分了些。中古基督教也有许多不近人情的苦修方法。凡是宗教都是要人收敛内心截除欲念。就是伦理的哲学家，也无不倡导多多少少的克己的苦行。折磨肉体，以解放心灵，这道理是可以理解的。但是以爱根为生死之源，而且自无始以来因积业而生死流转，非斩断爱根无以了生死，这一番道理便比较难以实证了。此生此世持戒，此生此世受福，死后如何，来世如何，便渺茫难言了。我对于在家修行的和出家修行的人们有无上的敬意。由于他们的参禅看教，福慧双修，我不怀疑他们有在此生此世证无生法忍的可能，但是离开此生此世之后是否即能往生净土，我很怀疑。这净土，像其他的被人描写过的天堂一样，未必存在。如果它是存在，只是存在于我们的心里。

西方斯多亚派哲学家所谓个人的灵魂于死后重复融合到宇宙的灵魂里去，其种种信念也无非是要人于临死之际不生恐惧，那说法虽然简陋，却是不落言筌。蒙田说："学习哲学即是学习如何去死。"如果了生死即是了解生死之谜，从而获致大智大勇，心地光明，无所恐惧，我相信那是可以办到的。所以在我的心目中，宗教家乃是最富理想而又最重实践的哲学家。至于了断生死之说，则我自惭劣钝，目前只能存疑。